落葉・回転窓

木山捷平純情小説選

kiyama shōhei

木山捷平

講談社文芸文庫

目次

落葉・回転窓

木山捷平純情小説選

村の挿話

これは、深刻な心理でも、高遠な思想でも、何でもない。単なる、とある人生の梗概にすぎぬであろう。

最近、私が読んだ林語堂の小説『北京好日』の序文で、著者が「小説とは読んで字の通り『小さな話』でなくて何であろうか。だから読者は、大して為《す》ることのない時には、暫くこの小さな話に耳を藉されよ」

と書いているのを読んだが、原著者にも訳者にも無断ではあるが、この序文をそっくり自分勝手に借用して、私はこの話にとりかかることにする。

さてそれは何年か前、「自力更生」とか「緊縮」とかいう言葉が巷間にはやっていた頃のことである。山部圭吉は、その頃、某私立大学の法科の学生であった。なにしろその頃、世はあげて就職難、馘首の大流行時代であったので、それが若い青年の心にも反映して、希望のないその日暮しの学生が、学校近くの下宿にうじゃうじゃしていた。中にはそういう陰気な社会へ出るより、親から金を貰って、下宿にとぐろを巻いている方が、なんぼか極楽だと、わざわざ学校を落第して見せる不心得者さえいた。

「ああ、あ」

と、それは、思わず溜息の出るような時代であった。とは言うものの、溜息なんて考えようによっては、もともとたかが知れたもので、実際溜息なぞついている間は、まだ贅沢な部に数えなくてはならぬかも知れない。なんとなれば、——たとえば臨終のせまった瀕死の病人が、溜息をついたという話を、私はまだ一度も聞いたことがないから。

然し、そういう詮議はまあどうでもよろしい。ともかく、そういう時代の或る夏、山部圭吉は、その年の梅雨の時候もあけて、学校が暑中休暇にはいると、安下宿の亜鉛葺き屋根の猛烈な照り返しに悲鳴をあげた末、そうかと言って、海へ！　山へ！　と避暑に出掛ける余裕はなく、彼は例によって例の如く、生れ故郷の村へ帰って行ったのである。彼の生れ故郷は本州の西端地方の、とある山脈のはずれの小盆地で、まだその頃は電燈の恩恵にさえ浴さぬ寒村であった。が、家には村長である彼の父と、年老いた母とが彼を待っていた。帰省当夜、親子三人はだだっ広い茶の間で母の心づくしの夕食をすますと、折から月の明るい縁側に出て、ぶんぶんと手足にむらがる蚊を追いながら、とりとめない四方山《よもやま》話に花を咲かせた。

彼が学校の話や下宿の話、銀座の話や新宿の話を面白おかしく誇張して語ると、父母は村の誰某が死んだ話、何某が何女を嫁にもらった話、何作が何々山で馬に蹴られて怪我をした話、等々の小事件をさながら大事件でもあったかのように話してきかせるという工合にであった。そうして、帰省第一夜の団欒の夕べは果てを知らない何かのように、山で鳴く梟の声と共に更けて行ったのである。

　ところがあくる朝、彼が朝寝をして目をさまし、裏の井戸端で顔を洗っていると、「のう、圭吉や、おまえは、なしてそがんに、頭の髪を大本教のように長うしたんじゃ？」と何か遠慮そうな母の声が後ろから聞えた。「大本教？」と彼は鸚鵡がえしに答えたが、その調子は不平にみちていた。それというのも、彼の髪は、決して大本教などと言われるほど長髪ではなかったからである。ただ、彼はチックやポマアドをつけるのが嫌いだったので、髪の毛が多少ばさばさしていたに過ぎない。それで、後ろを振りむきもしないで、「だって、東京の学生はみんな、この位の髪は普通なんだぜ」と言葉を和らげて弁明すると、「それじゃ言うて、おまえ、そがんに耳のところまで垂れ下って……大本教でなけりゃ、社会主義のようじゃで」母はなかなか自信ありげな口調で応酬した。「社会主義？」と、彼は思わず大きな声で反駁して、母をふりかえった。彼は決して、社会主義ではなかったからである。すると母は、彼の抗議めいた語調に少しあわてて、「何かかにか、そがんこと女子《おなご》にはようは分らんけんど、圭吉に今日は是《ぜ》っ非《ぴ》床屋へ行って丸坊主になって来るように、お父さんがそう言うて役場へ出掛けられたぞ」と伝えた。彼の父が、大本教だの、社会主義だの、あられもないことを彼のいないところで母に話したに違いない、と彼は直感した。しかし、大学生としては先ず中位の長さの髪を、いくら父の命令であるとは言え、そうやすやすと丸坊主にされてたまるものか、と彼はむっとして返事をしないでいると、母は急に眉のあたりに困ったような皺をよせて、時勢がこんな時勢だから、是非そうして呉れなければ、お父さんの顔が立たないのだ、と頼むように言うのであった。「時勢って、何?」と彼が問いかえすと、「時勢ちうて何のことかはようは知らんが、まあおまえ、ちょっとこっちへ来て見い」母は彼をひっぱるようにして、家の門口まで誘い出した。そして、「これ見い、これを」とふるえるような声で言った。そう言われて、彼が仰向いて見ると、門の入口の上には、一枚の半紙がべたべたと糊で貼りつけられているのであった。彼は昨晩、家にかえりついた時には、すでにあたりが暗くなっていたので、すっかりそれを見落していたのである。その半紙には謄写版の毛筆刷りで、肉太に次のように書かれていた。

村内申合

一、冠婚葬祭ハ一切禁酒ノコト
一、頭髪ハ必ズ丸刈ニスルコト
一、巻煙草ハ絶対ニ吸ワヌコト
一、年始状ハ誰ニモ出サヌコト

一、…………………

しかも母の説明によると、この申合せの発頭人は村の村長を勤めている彼の父で、父が村会に議案を提出して、満場一致で可決されたものである、というのであった。

彼はやむなく、昼飯を終えると、浴衣の着流しに学帽をかぶり、田圃道をぬけて、小学校の下手にある床屋に出かけた。日除け用の白布の暖簾を持ち上げて中にはいると、板の間から土間に足を投げ出して昼寝をしていた床屋のおやじが、びっくりしたようにはね起きて、「おや、これはこれは。これは山部さんですかな。何時おかえりんさいました？」と頓狂な声をはり上げた。「ゆんべ、――早速じゃがひとつお願いしましょうか」と彼は答えて、土間のまんなかの黒ずんだ椅子に、どかんと腰をおろした。床屋のおやじは仕事着の紐を周章《あわ》てて結んで、それから柱の釘にかかっている赤茶けた覆いをとって彼の肩にかぶせると、「どがんに刈りましょう？」とうやうやしくたずねた。それは彼の耳には、左分けにしましょうか右分けにしましょうか、それともオールバックにしましょうか、とたずねられているように聞えた。で、彼はしばらく思案するような風をしていたが、「あっさり、丸刈にして貰いましょう！」と咄嗟に思いついたように早口に答えて、「何しろ夏は暑いですからなあ」と半分は口の中でつけ加えた。「ヘッ！」とおやじはバリカンをかちりと彼の首筋にあてた。その途端であった、彼は凹凸だらけの鏡の上に、××美髪同業組合規定の料金表がかかっているのを見つけた。料金表には、鋏刈二十五銭、丸刈十五銭、と認められていた。彼はそれを見ると初めてどきんと胸をつかれた。人間はとかく勝手なもので、彼はそれまで村内申合せによる床屋の収入のことなど思いもそめず、自分ひとりの頭のことばかりに気をとられていたからである。

「どうでがす。東京あたりの景気は？」と床屋のおやじがバリカンをカチャカチャ言わせながら、何でもなさそうに尋ねた。

「やっぱし、不景気なようですな」

「それじゃ、やっぱし東京でも自力更生が繁昌しよりまするか？」

「そがんなようです」

と、圭吉は生返事で答えたが、さすが東京には断髪令がしかれる心配は、今のところ気配もなさそうだったので、彼は何だか村の床屋のおやじに申訳ない心地で、赤茶けた覆いの上にぼてぼてと落ちてくる長い髪の毛をぼんやり眺めていた。が、だんだん、自分がそんな村内申合せの発頭人の息子であることを意識すると、もうこれ以上床屋のおやじから何も突っ込まれたくない心地で、軽く両眼を閉じて狸寝入りをはじめた。

然しやがて、五銭はチップのつもりで、十銭白銅二つをおいて床屋を出ると、彼は直ぐ家に帰る気にもならず、そのまま坊主頭をさすりさすり、床屋の上手の小学校の石門をくぐった。郡の教育会の教育映画が、一年一度くるよりほか、何の遊び場も見世物もない村のことゆえ、彼は何時の休暇に帰省しても、どうかすると退屈しのぎにこの石門をくぐるのが習慣であった。さすが、此処には村で有数の知識階級である先生達がいるし、でこぼこだらけではあるがテニスコートもあり、宿直室には将棋や碁盤も備わっているからであった。

　学校はもう放課後であった。ひっそりとした赤土の運動場を横切り、小使室の前から廊下をつたって、彼は案内の必要もなくさっさと教員室に入って行った。シャツ一枚になって、学期末の試験の採点に夢中になっていたくりくり坊主の教師達が、一斉に歓声をあげて彼を迎えた。しかしそれは、彼の久しぶりの帰村を歓迎するというよりも、彼の刈ったばかりの、青い秋空のような丸坊主が、刺激の少ない教員室を刺激する材料になったのである。そしてそれは又たとえば、一足先に牢獄にぶちこまれている者たちが、一足おくれて入って来る後輩を迎える感情にも似ていた。――しかし、これでおれも、この村の一人前の男だぞ！　そういう負け惜しみの心地で、彼が手近にあったあき椅子をひきずり出して、どてんと腰掛けると、その途端であった。

「わたし、椋井京子です、どうぞよろしく」

　と、一人の見知らぬ赤ら顔の女教師が、彼の前にあらわれて頭をかがめた。余りのだしぬけに彼は、

「僕、山部です」

　と、椅子から半分立ち上ると同時に、半分腰をかがめた。

「お名前は、かねがね存じております」

と、女教師は都会風に言って、素早く身をひるがえして、室の一隅の茶呑茶碗や薬罐のおいてある卓に去ったかと思うと、

「お粗末ですけど、どうぞ召し上がれ」

と、麦湯をいれた茶碗を盆にのせて、彼の前に差出した。

そこで少しおちついて彼が観察して見ると、彼女は半麻のブルーのスーツを着ていた。それは当時の山奥の村としては、実に尖端的な服装であったが、どう贔屓目に見ても、でぶでぶの彼女の肢体にはぴったりとせず、誇張して言えば黒蛙に洋服をかぶせたような可笑しな印象であった。

先生たちは、なかなか忙しそうに仕事をつづけていた。で、彼は仕方なく退屈しのぎに採点の手伝いなどしていたが、教員室ぜんたいから受ける感じが、どうも従来にくらべて変なのである。なんだか、真面目くさったような、何処と言うことなしに毛が足りないような雰囲気であった。

そういう雰囲気にだんだんいらいらして来た彼は、

「どうです、大分日もかげったようですけん、……どうです?」

と、頃を見はからって椅子から立ち上り、校庭に目をやりながら、大袈裟にラケットを振る真似をして見た。が、誰も彼の発議に賛同して、打てばひびくように立ち上ろうとは

しないのである。一番下手の壁際に腰掛けていた前記の女教師が、ひとり流し目でにこっと微笑をたたえただけで、室はかえって森《しん》と静まりかえってしまった。が、その静かさをはらいのけるかのように、

「テニスは禁止ですがな」

と、首席訓導が微妙なうす笑いを口のほとりに湛えながら言った。

「なしてです？」

と思わず彼が反問すると、首席は、学校の先生と言えば、この不景気の折から、村内有数の月給取である。しかも百姓にくらべればたいへん高級な生活者で、その月給は村民が税金で支払っているのである。その先生が、放課後になると百姓の野良仕事を後目《しりめ》に、子供のように手毬を打って遊ぶとは、不謹慎もはなはだしい。そういう村民の輿論がつのって、とうとう校長からテニス絶対禁止を言い渡されてしまったのだ。と、その理由を説明した。——すると、その時、

「なんしろ、世はあげて、減俸の声かしましき折柄ですけんなあ！」

とおどけたように叫んで次席訓導が立ちあがった。次席は学校中で一番屈託のない物事にこだわらぬ性の教師なので、あるいは禁断のラケットでも引きずり出すのかと期待をかけると、次席は立ち上った序でに大きな欠伸《あくび》を一つして、「ど、どうです？　こ、こっちの方じゃァ？」と、わざと声を吃らせながら、短い指先でパチリと机の上をうちおろす真

似をして彼の顔色をうかがった。テニスは駄目だが、碁を打とうかと言うのである。そういう罪のない気転と滑稽な動作は、教員室の空気をほっと幾らか和らげる効果があったようであった。彼も幾分救われたような気持で次席の後に蹤《つ》いて、小使部屋のつづきの宿直室に入って行った。宿直室の畳は、もう長らく取り替えないものらしく、擦れたり剝げたり、ぼろぼろの惨状を呈していた。彼があきれていると、「これでもなあ、鬼は外、福は内、ここが我等の愉しき王国ですけんなあ」と次席は罪のない感懐をもらして、「そりゃそうと、田舎じゃちうて馬鹿にならんでしょうが！」と、石を置きながら自慢そうに言った。

「何がです？」と彼がききかえすと、

「洋装美人ですよ」と次席はわらった。

「ああ、あの……」と彼が笑いかえすと、

「なんしろ、本校開闢《かいびゃく》以来のモダンガールですけんな、どうぞよろしく。お気に召したら、小生が仲人になってあげてもよろしいですよ」

次席はなかなか雄弁に、まくしたてた。いやどうも、いやどうも、と彼が正直に相手になっていると、次席は洋装美人椋井京子の生い立ちから身上に関して、問わず語りに親切に教えてくれるのであった。ところが、そういう次席の雄弁を聞くともなしに聞いているうちに、彼は碁の方は、二番戦わして二番とも敗けてしまっていた。話に気をとられ過ぎて、碁に力が入らなかったという結果である。くやしがって、第三戦目を始めているところへ、小使部屋の方で自転車の音がしたかと思うと、留守で不在だった校長がぬっと顔をのぞけた。

「お邪魔しとります」と彼は頭をかがめた。

「おや、これはこれは、珍しい」と校長はテニス禁止令を出した男とも思えず、愛嬌よく笑って、坊主頭をハンカチで拭きながら、碁盤をのぞき込んだ。そして暫くだまって観戦していたが、「ああ、そうそう、山部君は、柔道をやるじゃろう?」と突然思い出したように訊ねた。彼は普通よりも少し太った体格であるから、そんな風に目をつけられたに違いない。碁に夢中になっていた彼は、中学時代に学校でやったことがあるだけですが、と正直に答えると、

「そりゃア、好都合じゃ、それじゃ、一つ君にたのもう」と校長は我が意を得たように言うのであった。何のことですかと反問すると、実は国家非常時の折柄、農民ことに将来の国家を背負うて立つ農村青年の精神作興のため、青年集会所で青年の有志を集めて、柔道の練習を始めようと思っているのだが、コーチがいなくて困っているところだ。なあに、別にコーチというほどのコーチはしなくても、遊び半分で結構だから、時々行って見てやってくれないか、ほんに時々で結構なんだから、と繰返すのであった。彼は帰郷早々から困ったことだと思ったが、彼も田舎へ帰れば青年団の一員ではあるし、小学校長兼青年団

長の校長から「非常時非常時」と懇請されたり、「遊び半分で結構だから」とすかされたりしているうちに段々面倒くさくなり、「僕でよかったら、時々行って見てもええです」と、うやむやの中に答えてしまったのである。それと言うのもさっきは椋井京子に関する次席の弁舌にうまく籠絡《ろうらく》されて、第一戦第二戦とも敗戦の憂目を見ていた彼は、今度こそは他人の言辞に気持を乱してはならぬと、彼は碁の方に全精神を集中していたが為であった。

「じゃア、君、よろしくたのむぜ」

校長は髭のあたりに、急に会心の笑みを湛えて、宿直室を出て行った。——そしてしかし、彼は結局、次席との第三戦にも校長の話につまるところは精神をみだされ、まんまと、またまた敗けてしまったのである。

「ああ、あ」

夕方の田圃道を我が家に帰りながら、彼は思わず溜息が出た。へんに朝から晩まで当てがはずれどおしの一日であった。しかも柔道のコーチなどというものを、柄にもなく引うけてしまったのである。都塵をさけて田舎にかえれば、何か清新な幸福でも待ちかまえているように、内心期待をかけていた彼は、何処となく重々しい村の空気に、厭気がさして来た。自分の生れた村はこんなところではなかったような、そんな気がして、まだ帰ってまる一日になるかならないのに、一日も早く東京へ帰って行きたい衝動にかられた。これから、まる二た月もこんな憂鬱な村に滞在するのかと思うと、どうにもやり切れない気持であった。

然し、実際の世の中は、そうそう悲観したものでもない。彼は、それから十日たつかたたないうちに、一躍村の人気ものになっていたのである。

「山部さーん、早く来てつかあさえ、みんなの者がもう待ちくたびれとりますぞう」

毎晩のように、彼が家でぐずぐずしていると、村の青年が二、三人連れで、かわりばんこに彼を迎えに来るのであった。青年は長上の師範を遇する道かのように、わざわざ提灯に灯をともしていた。東京がえりの未来の法学士が暗い村の畦道で蝮《まむし》にでも食われては申訳がないばかりか、村の恥辱であるというのである。彼は提灯の灯に迎えられて、毎晩青年集会所へ柔道のコーチに出かけるのであった。それは何だか村の娘の嫁入風景のようでもあり、昔の田舎の殿様がおしのびでこいびとに逢いに行かれた光景は、このようであったであろうかとも想像された。尤も彼は柔道のコーチの方は最初から自信はなかったのであるが、案ずるより産むは易く、彼は中学時代に習った柔道の初歩の型を青年に教えてやると、青年の方では鬼の首でもとったような喜びでどってんばったんやるのであった。肝心の青年団長である校長は、ちょっと顔をのぞけて帰ったり、時には顔を出さない日さえあった。農村青年の精神作興のため自分で計画をたてておきながら、団長は柔道に関しては全然無知らしい様子であった。が、しかし彼はもうそういうことはどうでもよかった。彼をあたかも柔道の有段者でもあるかの如く尊敬し、柔道を習うんだという誇りを持って彼のコーチを受けに来る青年に彼は親愛を覚え、我流ながら青年たちと取っ組んで、どってんばったんやるのが、何の慰安もない村の、せめてもの喜びになっていた。青年たちは、ハッピや厚司《あつし》を改造して作った妙ちきりんな柔道着をびしょ濡れにして、腕と腕とを組合せ、上になったり下になったりして夜を更かすのであった。どってん、ばったん、どってん、ばったん、小さい洋燈《ランプ》の一つともった青年集会所の窓から、人間が人間を投げる音が村の夜の静寂の中に聞えた。その音が聞え始めると、毎晩毎夜、村の老婆や子供が「そうら柔術！」「柔術を見に行こうや！」と、三々五々サアカスの見物にでも出かけるように、次から次へと集まって来るのであった。時にはまだ若い村の娘たちまでが、老婆達の後ろから、そっとのぞいていることもあった。

ところで話はかわるが、次席訓導のいわゆるモダンガールの女教師椋井京子は、学校から程遠からぬ、なんでも屋の離れを借りて自炊していたのである。彼女は村から数里はなれた南の町の下駄屋の娘であった。母親が義理なのでうまくそりが合わず、わざわざこういう山の中まで来て働いている彼女はまだ独身であった。しかし、これまで誰もお嫁に貰って呉れ手がなかったと言う訳ではなく、いくら器量が十人並以下でも女にすたりはないもので、二十一、二の頃には、同職の小学校教師から一、二申込みがあったことがある。が、どうも今時小学校の先生では、と彼女自身気乗りがしなかったのである。その後大工とか左官とか、そういう階級の者に世話をしようという者があった時には、彼女はもっと知識階級の男でなければ気がすすまぬと、断然はねつけてしまったのである。しかし、そういう彼女も今はもう二十六歳になっていた。昼のうちは子供相手に近代的な洋装ではねたり跳んだりして、縁談のことなど忘れていても、夜ひとりになるとさびしさが自ずと滲むように湧いて来るのであった。早く母親に死に別れたためであろうか、誰かこうぐっと縋りつきたいような、やるせない衝動におそわれるのであった。そういう夜がもう幾晩かつづいていた。彼女は、「あ、あ、あ」と溜息と一緒に、洋燈の灯を吹き消して、離れの出窓に腰をおろすと、其処からは、丁度真向いの山麓にあたる、青年集会所の明りが見えるのであった。洋燈の光りなので、部屋の中ははっきりとは見えないが、じっと見つめているると、殆ど裸体になって、うんうんと唸りながら、肉体を組合せている青年の姿が、目の前に見えるような心地がするのであった。どってん、ばったん、どってん、ばったん。——彼女はその音の中に、圭吉のいることを知っていた。圭吉とはあの日、一口二口ものを言ったきり、その後何の交渉もないのであったが、彼女はその高い鼻柱と、りんとした口許を、何故か忘れないでいたのである。恋というのであろうか。いやそんなことは絶対にない。あのひとはまだ学生の身分であるし、自分は一介の女教師に過ぎぬのだし、——

彼女はそのような想念を打ち消して、ただ集会所の明りを眺めるのであった。
だから、彼女は、小学校も夏休暇に入ると、さっさと自分の生れた町に帰って行った。ひょっとしたら、うまい縁談が待っていないものでもない、と内心ひそかに期待をかけてであった。ところが、この度は、大工左官の口さえ一口も待っていないのであった。義理の母や異母の弟妹。仕事部屋にころがっている下駄の製作台やのみの音。彼女は無闇矢鱈と腹を立てた末、暑中休暇が終るのを待ちかねるように、再び山の奥の村に、かえって来た。

村はもう九月であった。一日一日と秋はしのびよって、そここの叢からは、虫の音がしげくきこえる季節になっていた。圭吉は七月から八月にかけて、自分でも感心するほど、せっせと青年集会所に通って、何時の間にか彼の夏休みも終りになろうとしていた。いざ、過ぎ去って見れば我流の柔道のコーチもなつかしく、或る晩彼は柔道を終って、いくらか感傷的な気持で畦道をひとりで帰っていると、後ろから一人の青年が追いついて、「山部さん！」と頓狂な声で彼の名を呼んだ。「おい」とふりかえって見ると、それはうすのろの多助であった。多助は白痴というほどではないが、矢張り知能不足で、十以下の算数さえ自由にできぬ青年である。ちょっと見ると、かしこそうな顔をしているが、柔道をやっても人並足らぬ頭はすぐ形の上に現われて、初めから終りまで妙ちきりんな寝業ばかりやって、人を笑わせてばかりいる男であった。

「あのなあ、山部さん」と、多助が言った。

「うん、——なんじゃ？」

「今晩、椋井先生が、柔道を見に来とったの、知っとるかな？」

「知らん、——多やんは知っとるか？」

「知っとらあじゃ。なんでも屋の娘《こ》と一緒で、桐の木の下から長いこと見とったがな」多助は得意そうに答えた。圭吉は瞬間、二週間ばかり前、南の町の彼女から暑中見舞をもらいっ放しになっていることに気づいたが、「多やんの寝業を、見物に来とったんじゃろう！」とひやかすと、多助は、

「あっ、ふあ、ふあ、ふあ」と頓狂なしまりのない口でうれしそうに笑って、「それでなあ」と言いにくそうにつづけた。

「何じゃい？」

「あっ、ふあ、ふあ、ふあ」

「早う言えや」

「あのなあ、あっ、ふあ、ふあ、ふあ、——じゃけど、人に言うちゃあ、ゼッタイにいけんでな」

「言うもんか」

「わしもなあ、山部さん、ほんまを言やあ、椋井先生がとうから好きなんじゃがな、あっ、ふあ、ふあ、ふあ」

「なるほど、ふーむ」と彼は事の意外さに呆れたが、多助が彼を見込んで、心の秘密をうち明けた真情のいとしさに、「それで、それが、どうしたんじゃ?」

とたずねて見た。すると、多助は、

「それでなあ、山部さん、わし、あんたに頼みがあるんじゃけど……」

多助は彼に手紙の代筆をして欲しいと、拝むように言うのであった。彼はもう一度多助の勇気に呆れた。が、頼まれれば結局断わりきれぬ性分の彼は、案外真面目な多助の依頼にほだされて、多助を自分の家へ連れ帰ったのである。

「じゃが、いったい、どんなに書いたらええんじゃ? 多やん口で言え。そしたら俺が、そのとおり書いてやるけえ」

彼は自分の部屋に入って、洋燈に灯をつけると、墨をすりながら多助に言った。多助は彼の机の傍にちょこなんと坐って、神妙に頭を傾けて腕を組み、しばらくじっと考え込んでいたが、

「あのな、ええかな、――わたしは、あなたにほれあげ候。あなたも、わたしに、ほれくれ候。……」と、目をきらきらと光らせながら、彼の顔を見据えた。彼は思わずぷっと吹き出しそうになったが、多助の一途に思いこんだ顔の真剣さに、あやうくそれを喰い止め

て、

「それから――？」と訊ねた。

「それから、ええと――」多助はつづけた。

「明後日のばん、天神さまの裏で、まっておりますけん、ぜひぜひ、おいで下されたく候」

なかなか要領を得た口述であった。多助はずいぶん長い間かかって、腹の中で考えをねった末、これだけの文案をこしらえていたに相違ない。しかし彼は、机の上にあった書簡用箋を引き寄せると、多助の口述を幾らか知識階級的に訂正削除して、ざっと次の如く走り書きしたのである。

拝啓　いつしか新秋の候と相成申候。却説《さて》、陳ぶればはなはだ唐突ながら、来る九月七日夜天神様の裏にてお逢い致し度、もしお差支えこれ無く候わば、当夜八時頃お出掛け下され度、つもるはなしはその節万々。

御存じより

椋井京子様

もう、夜は更けていた。そして、彼は何より疲れを覚えていた。右のような文面を手早く封筒におさめると、その表に椋井京子の宛名を荒い筆で書きなぐり、封筒の裏にもう一度「御存じより」としるすと、多助の膝の上にぽんと放り投げた。彼は今は何より、一刻も早く多助を退散させて、ぐっすりと睡眠をとりたかったのである。そして、多助は彼の宿願の代筆の手紙を受取ると、嬉しそうに顔中を皺くちゃにして、御礼を言うのも忘れて、すたすたと裏から帰って行った。

ところが、翌る日の午後、彼が部屋にねころんで新聞を読んでいると、多助は大きな岩松の鉢を重そうに腹に抱えて彼を訪ねて来た。多助は知能こそ人並でないが、こういう植木や草花の作り手としては、殆ど村中でその右に出るものがない腕を持っていた。多助の家の小さな中庭には、土瓶のこわれや、飯釜《はがま》のかけらの中で、何処から手に入れて来るのか、四季折々の草花が、年中花を咲かせているのであった。

「山部さん、これ上げよう」

と多助は言って、いきいきと青く葉をひろげた美事な岩松を縁の上において、手をはたいた。圭吉は昨夜の手紙の代筆のお礼にこれを呉れようと言うのだな、と直感して、瞬間はっとしたが、

「ゆんべの、あれ、どした?」と微笑しながら、何だか怖ろしいことをきく気持でたずねた。

「へえ、どうも大けに」と多助はてれかくしのように首に手をあてて、「わし、もう、今

朝早う、ちゃんと出しときましたあ」と、報告した。

「何処へ？」と、彼がせき込んで訊きかえすと、

「なんでも屋の前の郵便箱に――」と、多助が答えた。

「切手をはったか？」

「はりました」

多助は、自分に手落ちのないことが、如何にも得意気な風に、明快に答えた。そしてすでに事を決行してしまった後の、満ち足りた表情で、彼に感謝の眼差しを注いだ。予感が的中して、思わずどきんと胸をたたかれた圭吉は、所詮は自分の迂闊に「ひゃあア！」と神様にでも助けを求めたい衝動にかられたが、こうなれば何もかも、後の祭りのようなものであった。一度郵便箱に入れて、郵便配達が持ち帰ってしまった郵便物を、今更とりかえすなんて、いくら山の奥でも、まずまず不可能とせねばならぬことであった。

――そうして彼は、その翌々日の朝、二た月滞在した自力更生の村を後にして、再び東京の学校をさして出発したのである。その日は丁度、彼の代筆した手紙の、「天神様の裏」の日にあたっていたが、乗合馬車から軽便鉄道、軽便鉄道から本線へと、村も段々遠ざかるにつれて、そんなことも次第に彼の脳裡からは消えて行った。

却説、何時しかその年も暮れ、翌る年の春であった。新学期の授業料その他の送金と一

緒に、彼は父親から分厚な一通の手紙を受取った。その手紙には例によって例の如く、お前もよく承知の如く農村は現在未曾有の不況に喘いでいて、少々の小作米の上りではとてもお前の学資には足らぬのであるから、倹約に倹約を重ねて呉れるように、都会の悪風に染まって喫茶店とか西洋料理店とか言う酌婦などのいるところへは絶対に出入してはならぬ、と忠告した末、村内消息の二、三が書き添えられていた。その消息によると、本村小学校長池田喜太郎君は、社会教育ことに農村青年の精神作興に尽力するところ少なからず、その手腕力量を当局より認められ、本郡第一の何某小学校に栄転したこと、女教員椋井京子君は長らく不縁をかこち居りし風なるも、この程奇縁ありて当村高畑部落の藤本新太郎君の一人息子多助君の許に入嫁してめでたく華燭の典を挙げたこと、依頼されて小生はその月下氷人の労をとったが、その挙式には村内申合せに従い模範的の絶対禁酒を以てしたこと、等々が漢文句調で、しかもなかなか自慢げな口調でしたためられていた。

猫柳

一月もなかば過ぎの、空の晴れた或る朝、私がアパアトの窓框《まどわく》にもたれて日向ぼっこをしていると、アパアトの女中がドアの隙間からポテンと音をひびかせて、付箋のついた一枚の葉書を投げ込んで行った。ドアは廊下に沿って北側についている。同じ六畳の我が部屋ではあっても、南の窓近くにくらべれば、天気の日には尚更、そのあたりには、何がなし陰気な空気が澱んでいた。私はいそぐでもなく、日向ぼっこをつづけ、それでもと葉書を拾って見ると、それは思いがけなくも、友人矢本秀夫の細君の死亡通知であった。

黒枠の葉書には次のようにしるされていた。

荊妻菊子儀郷里にて永々病気療養中の処薬石効なく十二月三十一日午後十一時五十分

永眠仕候間此段御通知申上候

追而　告別式は一月十七日正午より三時迄自宅に於て仏式に依り相営み可申候

月日の観念のうとい私は、ともかく傍の新聞をとって日付を調べて見ると、もはや今日は一月十八日であった。告別式は昨日あったという訳である。尤も昨日の朝この葉書が着いていたにしたところで、私は式に参列することは不可能であった。なんとなれば、矢本の自宅というのは、松江市何何町何何番地となっていたからである。そしてその松江は矢本の郷里である。もちろん、矢本にしたところで、告別式に参列して欲しいという意味ではなく、ただ細君の死去をあわただしい旅の中で、とりあえず友人である私に通知したに止まるであろう。――と、そう私は解釈を下した。

ところで私が今、矢本があわただしい旅の中でと言ったのは、矢本は北京の某新聞社に勤めている筈であったからである。それゆえ、細君の死亡日と告別式の日が二週間以上も間をおいているのも、夫である矢本が、はるばる海を渡って帰って来るのを待ってから、万事事を運んだ様子が想像せられた。それにしても、矢本の細君が郷里へ帰っていたことを、私はこの通知で初めて知ったのである。なおさら、細君が病気などしていたことなど、全然知らないでいた。何でも細君の実家というのも、松江からそんなに遠くない近在であった筈だ。だから、細君が息をひきとったのは、正確に言えば矢本の自宅か細君の実家か、くわしいことは分らなかったが、何れにしても、矢本が臨終の場に居合せなかったことだけは、間違いないことに想像せられた。

矢本が職を得て、北京に行ったのは三年前である。彼は外国語学校の支那語科を出ていたので彼が支那へ行くことなど一応因縁あることに相違なかったが、まだ事変も始まらない以前のことだったので、その頃私には随分北京が遠い外国のように思われたものである。彼にしても本心は立派な小説を書きたいのが永年の希望であったから、いざ北京で新聞社勤めをすると決断するまでには相当の勇気を要したことであろう。私たちは文学同人雑誌「新世紀」を発刊するに就いて知己となったのだった。「新世紀」は約一年つづいて、第十二号を終刊号として解散したが、その間に同人の大部分は才能力量を買われて、華々しく文学操觚《そうこ》界に登場して行った。中には文学など男子一生の仕事に非ずとタンカを切って、骨董屋になったり、漬物屋の主人になったりした者もあったが、それはそれで又見事であった。骨董屋にもなれず、漬物屋の主人にもなれず、世間からはうんともすんとも認められず、一向うだつの上らないのは、私と矢本であった。矢本はほそぼそに支那語の翻訳をし、私はインチキな赤本屋の童話物語の類を執筆するのが関の山であった。そういう点において二人は肝胆相照らした訳である。二人が出逢うと話はきまって同じ「新世紀」から世に出た同人達の作品の讒謗《ざんぼう》にはじまり罵倒におわるのが例であった。たとえば、あいつの書く小説はちっとも芸術ではない、素材があるだけじゃないか。あいつは先輩の某の亜流で、しかも某とは月とスッポンの相違じゃないか。そんなのはまだ穏健な方で、二人は郊外の路地の奥にある泡盛屋の隅っこで泡盛が少しでも胃の腑を刺戟しようものなら、一の欠点も千倍万倍に誇張して百孔千創完膚なきまでに扱《こ》き落して友情を温めるのであった。しかもそのようにして、カンバンまで頑張って、最後には虫けらか何かのようにに店を追い出されるのが落ちであったが、矢本と別れてひとりになると、私は言いようのない虚しさに襲われるのが常であった。それと言うのも同人達の作品を攻撃したのはともかくとして、矢本の帰って行く家にはちゃんと細君があり、私の帰って行く家には火の気もお茶の気もない借間の二階が待っているに過ぎぬからであった。元来、私は自分が無力な癖に、他人の幸福を女子供のように嫉妬する悪癖があるのである。そんな訳で矢本とは或る意味では大いに肝胆相照らしながら、この意味では彼までが世間に認められるような仕事もせぬ身で、女房など持っていることを内心快からず思っていたのである。だから私は、折角の親友でありながら、矢本の方からは時々訪問を受けても、私の方から彼の家を訪ねることは出来得る限り避けるようにしていたのである。

さて、或る日、私は神田にある赤本屋へ仕事の報酬をとりに出かけた。ところがその金が、胸算用していた額よりも少々余計にもらえたのである。そんなことは初めてのことだったので、私は大いに気をよくして、帰途、新宿のあるカフェーに入って見ることにした。全く、嫉妬《やきもち》やきというものは、ほんの些細なことでも自分の方にうれしいことがあると、前後も忘れて有頂天になるものらしい。美人というほどではないが、ともかく断髪洋装の若い女給を左右に擁して、私としては贅沢な洋酒などあおって、上機嫌で外に出ると、新宿の街は丁度人の出ざかりであった。雑沓する夜店の舗道を人々の肩とすれすれに、いい気持で歩いているうち、私はふと、矢本を訪ねて見たくなった。それで、そうすることにきめて省線の新宿駅に向った。彼の家は阿佐ケ谷の駅から北へ十分とかからぬ地点にあったからである。（そして私の借間は堀ノ内の火葬場近くだったから、省線などにのらずバスで帰るのが一等便利であったのであるが――）そうきめて、新宿駅前の交番の前まで来ると、だしぬけに二幸の前の方から大きな声で、「おおい、五味！　五味！」と、私の名を呼ぶ声が聞えた。矢本であった。

「なあんだ。これから君のところへ行こうかと思ってたところだ！」私は電車通りを横切って、こちらに悠々と近づいて来る矢本に向って叫んだ。矢本は新調らしい霜降の背広に、いきな灰色のハンチングをかぶっていた。それが背の高い彼によく似合っていた。私はしばらくその粋な姿に見とれていると、

「どうもしばらく……」

と、彼の後ろから和服姿の若い女が軽く私に会釈をしながら出て来た。彼の細君であった。

「なあんだ、アベックでか……」と私はフランス語をつかって弥次りながらアルコールの勢いをかりて、「いやあどうも、しばらく……」と右手をさしのべて握手を求めた。

私はそれまで、天地にちかって言うが、かりそめにも友人の細君に握手など求めたことは一度もない。が、私は先刻カフェーの女給たちと、さんざん握手をして別れたばかりであった。その悪い習慣が時間にしてまだ十分とたたない私の手にのこっていた。言って見れば握手の価値の下落である。しかし、私があんまり無造作に手をさし出した為であろ

う、細君は釣られるように右手を差出して、私の求めに応じた。

「ところで、俺もこれから君のところへ挨拶に行こうかと思っていたんだが、――実は、こんど支那へ行くことになったんでね」矢本が靴先で舗道を蹴り蹴り言った。

「なあんだ、旅行かい？」と私は質ねた。

「いや！」矢本ははっきりと答えた。「向うの新聞社に勤めることになったんでね」

「何時？」と、私はあびせた。

「明々後日《しあさって》の朝！」

矢本はもう一度きっぱりと答えて、それから言葉を和らげて、「ま、そこらのどっかで腰掛けてゆっくり話そう」――そして、「じゃ、君は先に帰ってろ！」

と、細君に向って命じた。

間もなく、私と矢本は近くのビヤホールに入ってジョッキを傾けていた。春も終りに近く、もはや生ビールの味が舌に爽やかな季節であった。そしてふりかえって見ると、二人はもう二、三ヵ月も顔を合わせていないのだった。その間に、矢本は着々と支那行きの準備を進めていたのであったろう。彼はもう「新世紀」の同人達の悪口などとっくに忘れ果てたかのような態度で、新しい生活の夢想を語るのであった。もともと少々は持っていた彼の地の知識に、近頃俄か勉強もしたらしく、天橋の小盗児《ショウトル》市場がどうの、紫禁城の午門がどうの、西太后がどうの、と新聞記者として古い外国の都の人情風俗に接するよろこびを、目のあたり見るかのように語るのであった。彼の瞳は新調の洋服と共に、明るくかがやいていた。

「で、細君も一緒かね？」と、私はきいた。

「いやあ、女房は置いて行く。そのうち、落着いたらよび寄せるかも知れんが……」

矢本は灰色のハンチングを冠《かむ》りなおした。

「あの家に、ひとりで、おいて行くのかい？」

「あいつの弟がね、農業大学へ通っているんだ、当分その弟と一緒にくらすことにするそうだ」

「さびしくはないかね？」

「昼は両方とも留守になるんで、空巣の心配があるんだが、しかし別に盗まれるほどの品物もないから、先ず先ず安心さ」

言い忘れていたが、矢本の細君は高円寺の三等郵便局に勤めを持っているのだった。局の女事務員として得る報酬で、彼の乏しい収入を補っていた。というより彼の収入などより細君の報酬の方がより沢山であったに違いない。そうは言うものの決して彼の細君は亭主を尻に敷くような気性ではなかった。いくらか小柄で、山陰地方によくある色白細面の、秋の時雨を思わせるような、一見さびしげでいてしかもしみじみと明るい顔であった。私は場所柄、その郵便局に切手を買いに行ったことも為替を取りに行ったこともないから、その執務応対ぶりは直接知らなかったが、一般民衆にも好感を与え、評判がいいに相違ないのであった。私がなるべく矢本の家に行くことを避けていたことは前にも述べたとおりであるが、それにはこのような変てこな嫉妬心もあったのである。

——ところで、その翌々々朝、矢本は予定どおり出発したのであった。が、私は是非見送りに行くと約束しておきながら、朝寝をして時間におくれ、東京駅に着いて見ると、汽車は二十分も前に出ていたのである。何という腑甲斐ない友達であろう。しかも、矢本は北京に着くと直ぐ絵葉書をよこした。又長い手紙もくれたのであるが、私は返事を一日一日とのばしているうち、彼からの通信もなくなり、何時の間にか一年の月日が過ぎてしまったのである。

あくる年の（つまり今から言えば去年の）春であった。私は一事が万事そういう風な工合なので、二階借りの間代も滞り、貸主に追立てを命じられたので、仕方なく腰をあげて空間さがしに出かけた。先ず地元の堀ノ内から始めて成宗の方へ出たが、空間はところどころあっても、私に勤務先がないためどの家でも体よく断わられてしまった。しかしその日は貸間捜しには持って来いの上天気で、何処からともなく丁子《ちょうじ》の花などが匂うて来る日だった。私はだんだん空間捜しよりも散歩のつもりになり、天沼あたりまで行くと何時の間にか方角を見失った。そこで私は、いい加減に見当をつけて引き返すことにした。全くいい加減にチビ下駄を素足にひっかけて、夜店で買ったステッキを振り振り、下手な口笛を鳴らしながら、目的も忘れて歩いているうち、とある路地に入ってしまった。路地は突当りだったので、後戻りして途中で横にそれた途端、私は思いがけなくも、そこに「矢本秀夫」の門札を見つけた。

「なあんだ！　矢本の家じゃないか！」

私は声に出して叫んだ。叫ぶと同時に門の扉に手をかけて見たが、扉には中から錠がかかっているらしく、びくともしない厳重さであった。郵便受の函がコトンと一つ揺れただけである。どうやら留守らしい気配に私は板垣の裾から中を覗いて見ると、狭い庭には可愛い花壇がつくってあって、水仙だの、桜草だの、その他私の名も知らぬ草花が蕾をつけていた。矢本の細君と弟の農大生が共同で丹精している様子なのである。しかし、私は主人の留守に見てはならぬ物を見ている心地で、あわてて首を引っ込めて、もう一度改めて門札を見直した。矢っ張り、「矢本秀夫」であった。矢本は遠い北京にいる筈なのに、こんな所の私と同じ区内に、ちゃんと門札が掲っているのを見ていると、なんとも言えずそれが私には奇妙に思えるのだった。

ふと瞳を移すと、板垣のはずれの隣家との境のところに、白銀色の猫柳の枝が、板垣の上からはみ出しているのが、目にとまった。私はその優しい枝ぶりを見つけるとふらふらと近づいて、実に巧妙にぽきんと一本折ってしまった。それは半分は無意識であったが、大きい声では言えぬけれど、私には罪もない他家の花を盗むという悪癖もあるのだ。折ると同時に、私は歩きはじめた。かなしいことには、私は自分の犯した罪を反省しないでいた。それどころか、羽織の下にかくしもしないで、平気で肩にかついでいる猫柳のやわらかな和毛《にこげ》が首筋にふれるので、私はしみじみとした季節の快さをさえたのしんでいるのだった。――しかも何をかくそう、私は新宿駅の交番の前でにぎった矢本の細君の細っそりとした指の感触さえ、そっと心の中によみがえらしているのであった。

――あれが、自分と矢本の細君との、この世の最後であったのか。

そして、その後の一年近くの消息は、又々私には全然わからないのであった。

私は日向ぼっこを中止して立ち上った。帽子をかぶると、アパアトから四、五分の荻窪駅に出て、それから二つ目の高円寺駅に下車した。荻窪にだって郵便局はあるのだが、私はわざわざ電車賃を奮発して、高円寺の局まで行く気になったのである。生前細君が勤めていた三等郵便局は、丁度昼時のいちばん暇の時と見えて、見知らぬ女事務員が机の上に婦人雑誌をひろげて読んでいた。私はその女事務員から、一枚の頼信紙を受取ると、備品のチビ筆の先を幾度も揃え直し揃え直し、小学生のような拙い文字で、次のような電文をしたためたのであった。

サイクンノセイキヨニオドロク、キミトアサガヤニテノミタシ、ヘンマツ五ミ

空閨

桃の花も散り、梨の花も散った。一年のうちで、一番時候のいい頃だった。

霜子は子供を学校に送り出すと、ゆっくり夫の陰膳をかたづけ、洗いものをすませて、門口に出た。

いつも淋しい時にする癖で、門の前の少し勾配のある坂道にしゃがんで、彼女は前の田圃を見ていた。田圃は今そんなに忙しくない時で、人かげも殆んど見当らなかった。一日一日、目に見えて成長する麦の青さが目にしみた。

「あら――」小さく叫んで、下の道に咲子が佇ち止った。

「まあ――」と、霜子はびっくりした。霜子は門の前のからたちの根本にかくれるようにしゃがんでいたので、咲子に先に見つけられるのは、逆のことだった。首を右に廻せば、からたちの枝の間からは南の方がよく見える筈だった。それなのに、咲子が来るのに気づかなかったのは、彼女は何か放心していたのに違いなかった。

霜子は言った。

「どこまでお出かけ?」

「ええ、ちょっと、町まで」

咲子は答えて、羽織の衿をまさぐりながら、

「何か、用事でもあったら……」と言った。

「そうね。ハガキを一枚入れて貰おうかしら」

霜子はつられるように言ったが、すぐ、

「でも、いいわ。これから書かなきゃならないんだから」

「お書きよ。わたし、待っとって上げるよ」

「まあ今日はよしとくわ。そんなに急ぐ用でもないんだから。明日になろうが明後日になろうが、時候見舞みたいなもんなんだから」

霜子は嘘を言った。東京の友達に出す葉書は、昨夜ちゃんと書いていた。がそれには、早く東京へ帰りたいとか、この辺の百姓は猫のように狡猾だとか、疎開者は迫害され通しだとか、日頃の愚痴が大袈裟に並べてあった。そんなに急ぐ葉書でもないというのは本当であったが、咲子にたのめば十中九まで読まれるにきまっていた。その結果をおもうと、嘘でごまかすよりなかった。

「多分、パーマをかけに行くんだろう」

いそいそと畦の間の小道を北へ急いで行く咲子の後姿を見ながら、霜子はそう思った。

それより羨しいのは咲子が妊娠しているらしいことだった。今さき、咲子が羽織の衿をまさぐっていた時、霜子はそれを見てとった。羽織の上から尻が突き出て、ずばりと当ててやりたい気持にかられたが、何故か言葉には出なかった。

「四、三、二、一、十二」

霜子は右手を懐につっ込んで、左の乳の上で指を折ってみた。咲子の夫の唯一が南方から復員したのは、去年の十一月、菊の花の咲いていた頃だったから、丁度月が合っていた。丁度稲刈りで、唯一は帰った翌る日から勇ましく田に出ていた。稲を刈りながら、休憩時間になると、二人は家族から離れたところで、並んで話をしていた。よくも話が尽きないと思うほどつづけた。

「咲子さん、御馳走さま。でもあんた、よくも話があんなに後から後からあるものね」

霜子はそのころ、煙草の配給があった時、咲子をひやかしてやると、

「あら、そうかしら。うち、そんなに話をしたかしら」

咲子はけげんな顔をして霜子を見た。それでもやっと気がつくと、少し顔をあからめて、おこったような目付で霜子をにらみつけた。二人にだけ通じるようなあどけない目付だった。

その頃まで、咲子は霜子のところへ始終あそびに来ていた。年は一廻りも違うけど、おたがい留守を守る寂しさは同じで、咲子は霜子を姉のように何でも打ちあけた。

「ねえ、うち、もう思いきって、里へ帰ってしまおうかしら」

「何故」

「だって、うちではもう忠さんに嫁をとって後をつがせるんですって。そうしたら、唯一もうちも唯夫も皆んないらないもんでしょう。お母さんがはっきりそう言ったんだもの」

「まさか。それはお母さんだって唯一さんがあんまり帰らないから、ヒステリーで言ったのよ。女っていくら年を取ってもヒステリーが起きるのよ。あんただって時々唯夫ちゃんをピチャピチャ叩くじゃないの。あんただって、お母さんだって、待ってる気持は同んなじなのよ」

「そうかしら。でもうち悔しいから雪隠《せっちん》に入ってワアワア泣いてやったわ」

「オバカサンね」

霜子は姉分らしくこんな風に言って、咲子をなぐさめた日のことが思い出された。妻子のある隣部落の加七が、何を思ってか赤いフランネルの布を紙にくるんで咲子に手渡したこともあった。一昨年の秋、裏の山へ茸を取りに行った時のことで、霜子も一緒だったが、霜子はその瞬間を知らなかった。咲子に言われて、霜子は布を加七に返す役目をした。けれども村のものにも、加七の妻にも秘密にして、しかも加七には恥をかかせぬような潮時をねらうのは並大抵のことではなかった。

「だけどね、咲子さん。唯一さんが復員した時、こんなことあったことなるべく話さない方がいいよ。ね、わかる？」

霜子は役目を果したあとで、こう姉分らしく、自分の経験から割り出して、さとしてやった日のことが思い出された。

咲子はあの自分の忠言をまもっているかしら。それとも寝話にしゃべってしまったかしら。

唯一の復員を境に足の遠のいた咲子に、いまさら木に竹をついだように、訊いて見るわけにもいかなかった。すべては自然の流れのようなもので、咲子はおちつく所へおちついたのだ。昔のことは忘れてしまえばいいのだ。その位のことが分らぬ霜子ではなかったが、それでいて、後の烏が先になったような、姉が妹に変ったようなじれったい気持を持てあました。

霜子は家へ入ろうと思って立ち上った。すると自分の頭がからたちの上にのぞいた拍子に、さっき咲子が来た方角から、一台の自転車が飛んで来るのが見えた。すぐ駈け込むのも大人げない気がして待っていると、それはやっぱり高田英吉だった。

「やあ——」と高田英吉は自転車のブレーキを軋ませて停車した。そして長い片足を自転車の上から道の上にふんばったまま、

「どうです？　まだ、いい便りはありませんか？」

「ええ、ずっと、……何にもないんですよ」

「春になって暖くなったからソ連さんもぼつぼつ捕虜の送還を再開したようだから、そのうちひょっこり帰って来られようじゃありませんか。実はわしも、帰って来られたら一本さげて来てカンパイするのを大いに楽しみにしているんですがなあ」

「ありがとうございます」

「酒はあるんですよ。やっぱり、ある所にはさがせばあるもんですなあ。わしの所では、実は昨日十本ばかり仕入れましたよ」

「まあ……」

「それというのも、実は近いうち娘にムコを取ってやることになったんで、いやはや、費用がかかるってないですよ」

「まあ、それはおめでとうございます」

「いやあ。費用はかさむし、百姓仕事は忙しいし、わしもこれ、——此の頃じゃヒゲをそっとる暇もありませんよ」

そう言って、高田英吉は大きな手でキュッと頤の無精鬚をなで上げた。

が、あんまり力を入れすぎたのか、その拍子に自転車がぐらっと倒れかかった。が、高田英吉はその倒れかかった自転車を、ひらりといち早く元の位置へかえした。

見事なものだった。運動神経のにぶい、霜子の夫などには、逆立したって出来そうな芸当ではなかった。

高田英吉は霜子の夫と小学校時代の同級生で、霜子が疎開で村へ来た頃には、村役場の助役をつとめていた。夫の生れ在所とは言え、初めて来た霜子は、途方にくれた思いであったが、助役が何かと親切にしてくれた。東京では町会や区役所に七度も八度も足を運ばねば片付かないようなことも、役場では助役がこちらから言わない先にこしらえて呉れた。けれども、その後、戦争も日本が敗けときまって、助役は令によってその地位を追われた。話題の乏しい村で英吉は人々の注視をあびるのが照れくさいようであったが、百姓になった英吉は、何よりその体力に物を言わせた。

「わしもねえ。いい時に役場をやめたもんです。これがもう二年もおそかったら、いくら力んでもからだの方がついて来なかったと思うですよ」

英吉はその頃よく人に言い言いしていた。そしてそれは、いくらか敗け惜しみはあったかも知れなかったが、それよりも以上に英吉の運勢は展けて、今では牛が二頭もいる、米麦はおろか、芋でも西瓜でも砂糖木でも、何でもござれの多角経営に成長していた。

自転車からおりた英吉は、兵隊靴でスタンドを蹴って立てた。それから今ころげかかった時、自転車の荷スケから半分ずれ出た石油箱を荷スケの真ん中へ戻した。それから箱の上にかけた荒縄のたるみをしめ直した。

霜子はその動作を見ていた。が、動作の途中で、「フフフ」とも「へへへ」ともつかない変な忍び声をたてて、英吉が箱の隙間から中をのぞいたので、霜子は思わず尋ねた。

「何ですか。助役さん――」尋ねてから一寸悪い気がした。近頃では他人が持ち運んでいる物資の中実をあらわにきくのは、遠慮しておいた方が礼儀というものだった。

「山羊の仔ですよ」英吉はちょっと霜子の方をふりかえって言った。

「まあ、――」霜子がびっくりして自転車に近寄ると、英吉はわざわざ今しめ直している荒縄をゆるめて、蓋をあけた。

「まあ。これ、これもお宅で生れたんですか」

「そうです。二疋生れたんですが、こいつはオンタなもんで、これから何処かへ捨てて来ようと思ってね。いや何とも忙しいこってす」

「捨てるって、ほんとに棄ててしまわれるんですか」

「ええ、ほんとですとも」

「あら。じゃあ、わたし頂こうかしら。ほんとに棄ててしまわれるんでしたら、……?」

「あげますよ」英吉は急いで石油箱を地べたにおろした。途端に箱の中から仔山羊がとび出た。


生れて二十五日目だという仔山羊を、霜子は屋敷の中の柿の木につないだ。つないで見ると、山羊はひどく瘦せていた。生れながらに虐待が彼を待ちうけていたのだろう。それでも昔の飼主がなつかしいのか、山羊は南の方に鼻をあげて暫くないていた。

霜子は少しも可愛いい気持がおきなかった。いくらか不運なやつだとは思ったが、何よりその顔付が気にくわなかった。草の葉をやっても、口の横っちょからしゃくり取って、うれしそうな様子さえ示さないのである。下唇が飛び出ていた。それよりも一番気にくわぬのはその目だった。生れつき遠視のような、何処を見ているのか見当のつかない、目玉があるのか無いのかさえ分らない、古池にアミーバが張ったような目だった。

霜子の胸には後悔が浮んだ。とんでもないインチキに引っ掛ったようで、――それも自分から所望してのことであってみれば、これから先の負担が思いやられた。

午後になって、子供が学校から帰って来て、「おや、山羊だ」と叫んでいるのが聞えた。すかさず、霜子は家から飛び出た。

「どうしたの？　母ちゃん、この山羊？」

「それ、幸雄に貰ってやったんだよ。厭かい？」

「チェッ。だって、こいつオンタだね」子供はすでに霜子などより目が肥えていた。「メンタならいいんだがなあ。メンタだと一日に乳が一升も二升も出るんだよ、母ちゃん」

「厭かい？　厭なら棄てちゃうよ」

「棄てなくたって、いいさ。大きくなったら、これでも一貫目百円で売れるんだよ、母ちゃん」

「そんならお前、飼うね。この前の兎の時のように母ちゃんにばっかり世話させるんじゃ厭だよ。あんなことなら、今日さっさとお前に棄てに行って貰うから」

「大丈夫だよ、母ちゃん。山羊は兎とはちがうんだ。草のあるところへ繋いどけば、それでいいんだよ、母ちゃん」

うまくやられた。霜子は内心、この六年生の子供をペテンにかけて、何とかうまく山羊を始末しようと目論んでいたのであったが、計略はまんまとはずれた。それでもやっぱり、今日貰ったものを今日棄てるなんて、そんな不義理は出来たもんではないと思うと、はずれたのが却ってよかったようにも思えた。子供はいつの間にか、野球のボールをかかえて、姿を消した。

翌る日の朝、霜子は山羊を裏の菜園のつづきの草原につないだ。草原の上手は竹藪で、その上手は山だった。山を開墾して傾斜の畑がいくつもできていた。その畑へ仕事に行く人達が農具をかついで何人も通りすぎた。

「おや、いいものをお飼いですのう」と立ち止って羨望の色をかがやかせながら、値段をきくのもあった。

「まあ、わたし、ゆんべねえ。幸雄ちゃんとこで赤ちゃんの泣声がするので、どこからか赤ちゃんを貰われたのかと、不思議に思って居りましたのよ。まあ山羊でしたのか。これはこれは、まあずいぶん可愛いらしいんですなあ」と歌でも歌うようにお世辞を言って行く婦人もあった。

そのたんび、霜子は、これは牡だからつまらないんだと言訳をした。

「なアに、オンタだっていいですよ。祭には大御馳走が出来ますわ」と力を込めて言ってくれたのは、咲子の夫の唯一だった。唯一は戦地で、牛でも豚でも大蛇でも鰐魚でも、何でもかんでもやっつけなかったものはないから、山羊の一疋くらい屠るのはキザミ一服すってる間のことだと、もう料理は自分が引き受けたように言って上って行った。

「オバンチャン。オバンチャン。山羊さんがね、足をくって動けなくなってるよ」

まだ学校へ上らない子供が、四五人でやって来て霜子に注進した。

「そうお?」霜子が不審に思いながら、子供たちと一緒に行って見ると、山羊は本当に足をくっていた。綱が脚に幾廻りも巻きついて、この仔山羊は自分で自分の脚を動かして綱をほどく知恵さえなかった。「バカだねえ」「何てこの山羊ちゃんはバカなんでしょう」霜子はこんなことを独り言のように言いながら、手荒に綱を解いてやった。

「オバちゃん、オバちゃん。また山羊のバカチャンがくったよ。早く行ってやりな。……バカだねえ」

子供たちは日に二度も三度も注進に駈けつけた。そのたび霜子は子供たちへの義理のように、山羊のつなぎ場へ出かけた。

けれども子供たちもだんだん飽きが来て、山羊に寄りつかなくなると、困ったのは山羊である。食うことだけ知って、工夫ということを知らぬ仔山羊は、（それで余計に脚が縄にからむのだが）そんな時、悲哀にみちた声で鳴いてみせるだけが能だった。霜子は聴くまいと思ってもその声が聞えた。「又か」と思うと頭がじんとして立つのもいやになるけれど、そうかと言って放っておくのも継子《ままこ》に当るような気がして、結局はしぶしぶ行ってやるよりなかった。

ところが或る夕方近く、霜子が菜園へ豌豆をちぎりに籠をかかえて出かけると、まだ彼女の姿が見えない先から、何時もとは変った声で山羊がなくのが聞えた。「又か」と霜子は思ったが、その時はついでの事だからそれほど苦にはならなかった。しかし霜子はツンとすまして、あたしはお前の世話になんか来たんじゃないよ、というような顔をして、ちらりと横目で山羊を見たその時だった。

「メ、メ、メ」

と改めて可愛いらしい声で三声ほどないて、山羊が笹の中から二三歩前へ進み出た。笹にかくれて脚の全部は見えなかったが、その立ち加減で今日は綱がからんでいないことが了解された。それで霜子はなおも知らん顔をして、菜園の豌豆の方へいそぐと、

「メ、メ、メ」「メ、メ、メ」「メ、メ、メ」

山羊は三声ずつ、三べん、霜子の後を追うように鳴いて呼んだ。何か遠慮ぶかげな、お前ひとりをたよりにしているような、声だった。

霜子の胸に愛情が芽生えた。昨日までの重い心の負担が、急によろこびに替った。

あくる日から、まるで人間が違ったようにいそいそと、彼女は其処へ出かけた。日に三度でも四度でも五度でも。僅か一週間ではあったが、どうして自分はあんなに冷淡であったのかしら。長い半後家ぐらしの余韻かしら。まさかそんなことないと思うけど、彼女の足音をききつけて、青葉のかげから白い顔をのぞけて、メ、メ、メ、と彼女を迎える、あの不安な幼な顔を思うと胸がたまらなかった。

「悪かったわ、ねえ」霜子は心の中で詫びを言って、山羊をつなぎかえた。足が縄にからむのは、縄の高さが低いのだ。霜子は背のびをして縄の先を梅の木の高い枝に結んだり、梅の木から桐の木に移したり、また樫の木にうつしたりした。

山羊は樹木の新芽を好んだ。草の葉よりもこの方がおいしいのか、それとも昔ペルシャの山奥にいた頃の遺伝が忘れぬのか、山羊はそのためには樹木にさえよじ登るのである。山羊は自分の首に結ばれた綱を利用して、まず後脚でもってカンガルーのように立つ。ちょっと見るとブランコでもしているみたいだが、その拍子に前脚でもって樹木の枝をつかまえる。そうして枝の先の新芽を軽業のように食べるのである。

霜子は足音をしのばせて、物のかげからそんな山羊の冒険を見ていることがあった。何だかはらはらして、見ていると、自分がさびしいペルシャの山奥へ行っているような、スリルさえ味わえるのである。スリルは別に、山羊のブランコはたまに本当の首つりになって、自殺寸前みたいになるから、なかなか警戒を要するのでもあった。

こんな時、山羊を地べたにおろすと、山羊は霜子の臑《すね》から太腿をつきあげた。けれども霜子は少しも恐しくはなかった。山羊の親愛は、こうした表現をとるのだ。そのことを、霜子は、今では知っていた。もう大分のびて来た二本の角の間に彼女の臑を上手にはさんで、山羊は太腿のところ迄ギューッと突き上げるのだ。

ところが或る日の朝、霜子が雨戸をくっていると、近所の留じいさんが、ただごとならぬ顔つきで門から入って来た。じいさんは朝の挨拶もしないで、中庭のまん中に、ギュッと両股をひろげて、仁王様のようにつったつと、

「山羊が逃げたど。角やん方の畑の小豆の葉を、みんな食うて逃げた」

右のこぶしを空に振り振り、こう叫ぶように言った。いつにない乱暴な言葉づかいだった。

そして、これだけ言うと、じいさんは又大股にひき返した。

霜子の胸には一時にどっといろんな感情がこみ上げた。元来じいさんは霜子の仲よしなのである。年はもう七十を越えて、二年前に連れ合いの婆さんに先立たれてからは、一時げっそりと力を落して、見るだけでもいたいたしく、今にも婆さんの後を追うのではないかと思われたが、近頃ではやっと元気を回復していた。なぐさみの隠居仕事に日に一荷《か》だけ牛の草を刈るのが日課で、退屈した時など、霜子が菜園で手入れをしている所へでも、家にいる時でもやって来て、とりとめもない世間話をしてきかせた。もはや誰からも噂が

立てられる年ではなかった。じいさんは霜子をすいていた。恐らくひとりものの境遇がそうさせるのであったが、じいさんは内密で首につるした財布を取り出し百円札を十八枚ならべて見せたりした。歯のない口に指を入れて唾をつけつけ一列にならべ終ると、霜子の顔を見てニコッと笑う。じいさんはその内密を、もう四五度も彼女に見せていた。いつ並べても百円札は十八枚だった。

こんな仲よしのじいさんが何時もとはがらりと変った態度で、まるで十年の仇敵にでも出逢った時のように、拳をふり上げたりしたのだから霜子は周章てぬわけに行かなかった。そうでなくても、疎開者は何ということなく敬遠されているのを知っている彼女は、いまこそ最後のドタンバが来てしまったような気がした。四面楚歌の輿論がまき上って、今こそ彼女は追放寸前にあるかのような気持が胸にこみ上げた。そういう最悪な場面を想像せねば、留じいさんのさっきの態度が了解できぬのであった。

急ぎ、寝間着をモンペに着かえて、霜子はじいさんの家にかけつけた。そして井戸端で鎌をといでいるじいさんに、「おじいさん、さっきはどうも有難う。それで山羊のやつ、どっちの方へ逃げたのでしょう」

霜子の声は興奮でふるえた。

「さあれ。今さっき、そこのへんでちらちら見えよったがのう」

じいさんは顎で裏の山を示した。

「そう、どうもすみません」

霜子は、言いのこして、裏山へ駈け上った。

いろんな感情はあとにして、霜子は今山羊をつかまえるのが急務だった。それにしても、山羊が（そのへんでちらちら見えよった）時、どうしてじいさんは捕えてくれなかったのだろう。霜子は腹が立った。あくまで自分を糾弾しようとする共同謀議があるとしか思えなかった。霜子は気違いのように山をさがした。ふだんは小高い岡のように思っている此の山にも、いざ捜して見ると谷もあれば崖もある。湿気をふくんだ窪地に、霜子のすきな山梔子《くちなし》の花が白く咲いていた。けれどもそんなものに関わっている余裕はなかった。崖をのぼる時、辷ってころげて、足の皮がむけて、血が出た。モンペも破れた。霜子は泣くような声で「メー」「メー」「メー」と呼びながら、林から林をかけ廻った。

時間にしてどの位が過ぎたか。霜子は喪心したように山を下った。乱麻の如くに乱れた捜索の糸口を、改めてどこかに見出さねばならなかった。それにはもう一度、じいさんに事情を訊いて見るよりほか、方法はなかった。

ところが霜子が山を下ってじいさんの家の上まで降りた時だった。霜子はオヤこんな所にと思うような所に山羊を見つけた。さっきじいさんが（そのへん）だと言って顎で指したのが此所のことだったのだろう。山の入口に極めて小さな祠があって、そこの裏の岩の間に生えた豆柿の葉を山羊は食べていた。霜子はさっき此処も捜した筈であったが、その時は目につかなかった。さすれば山羊は山の上から彼女をすり抜けて再び此処へ戻って来たのであろうか。しかしそんな詮索はどうでもよかった。

「こら——メー公」霜子は鬼のような声で呶鳴り上げた。

しかし彼女はうれしかった。いそいで腰の細紐を解くと、その端を山羊の首にむすびつけた。山羊もうれしいのか、いつものような愛情を示して、彼女の太腿を突き上げた。

「コラ」霜子は、実に何年ぶりかのような思いで、山羊を叱った。

やっと一安心した霜子は、祠の前に立って、目の前の下に見える畑を俯瞰していた。霜子の菜園のすぐつづきに矢本角太郎の畑がある。霜子はおそろしい気持でその畑を眺めた。何故、どうして、うちの山羊は、よりによって、あんな、角太郎の畑を荒したのだろう。豆の葉はすっかり影をかくして、ささらのように洗いざらした茎だけが、ポキポキとならんでいた。見ていて霜子の胸は痛んだ。何か自分の手も足もポキポキともぎとられたような、とり返しのつかぬ気持だった。

霜子だって、経験がある。こんな大々的な被害ではなくても、彼女が菜園に胡瓜やトマトの苗を移植しておくと、近所の子供たちが面白半分によくその苗を抜いた。彼女が見つけて注意すると子供は逃げて行くが、いつの間にか帰って又抜いている。西東も知らぬ子供だと分っていても腹が立つ。親のシツケが悪いからだ。霜子は腹が立って、ほんとに親のところへどなり込んでやろうかという衝動にかられたことも一再ではなかった。疎開者の菜園百姓でさえあんな気持が起きるのだから、まして百姓が本職の角太郎がどんなに怒っているか、霜子は思いやられた。

霜子は山羊をつれて、角太郎の家の戸口に立った。今は平身低頭して真心をこめて、お詫びを言うよりなかった。霜子はそう思った。

「お早うございます」「ごめん下さい」

霜子は戸口にたって、何べんも繰り返した。けれども、戸口の障子はあいているのに、中はひっそりしていた。

「ごめん下さい」「お早うございます」

霜子はだんだん泣くような声になって、つづけた。

暗い納戸の方で人の気配がして台所の方へまわった。台所で履物でもさがしているような音が聞えた。それから大分時間がたって、角太郎の妻女がけげんな顔をのぞけた。

霜子はどこからどう言い出してよいか迷ったが、

「あの角太郎さんは居られましょうか」

と、言った。われながら、最初から失敗したような、心地がした。

「今日は麦の検見《けみ》じゃげな」

妻女が言った。妻女はまだ台所の漬物桶に下半身をかくしたまま、こちらに出て来ようともしなかった。

「そうですか。実は、……私の所のこの山羊が、昨夜お宅の畑を荒しましたそうで、……それで実は、お詫びにお伺いしたのですけれど……」

「そうけ」妻女が言った。

「ほんとに何と言ってお詫び申してよろしいやら、……わたしがつい、山羊の繋ぎ方が悪かったばかりに、とんでもないあんな御迷惑をおかけしまして、……ほんとに、……何とも申しようもありませんのですが、……どうかお赦しを頂きとうございます」

「そうけ」妻女が言った。

何度も何度も霜子は同じことを繰り返し、頭をかがめた。けれども妻女の返事は同じだった。

最後に霜子は、頭を地べたにすりつけ、泥をなめるような深いお辞儀をして、角太郎の家をでた。卑屈なようでもあり、わざとらしいようでもあったが、彼女はそうでもするよりなかった。

それにしてもあんなにまで突慳貪《つっけんどん》に、木で鼻をくくったような妻女の態度は、どんな風に解釈したらいいのだろう。荒々しく山羊の首をひっ張り引っぱり、彼女は反感がこみあげた。亭主の角太郎が敗戦後、小作農から一躍自作農にはね上ったから、それを鼻にかけるのかしら。角太郎は今では村の農地委員という権勢のいい肩書をもつ身分だから、それで妻女も権勢をよくするのかしら。

癪気がつのって、もうこんな所には一日もいたくないような、ムシャクシャする胸をかかえて、霜子は留じいさんを訪ねた。家に帰っても話相手ひとりいない彼女の足は、ついその方へ向いた。何と言っても霜子の一番の仲よしは、留じいさん以外にはないのである。

じいさんは井戸端の梅の木の下で、まだ鎌をといでいた。古い鎌を五六挺もぴかぴか磨いて、名刀みたいに座右の石においていた。熱心のあまり、赤茶けたふんどしの間から、古びたなかみがのぞいているのが、目にとまった。

「おじいさん、さっきはすみませんでした。お蔭さまで、とうとう摑まりましたよ」

霜子がお礼を言うと、

「おお――」じいさんはびっくりしたように顔をあげた。

「おお、摑まったか。おお」

じいさんの顔に、朝の仇敵に出会った時のような表情は消えていた。かと言って、すっかり消えきっているとも思えなかった。何だか、鎌をとぎとぎ、天下の成行きを静観していたように思えた。

「おじいさん」

「何じゃ?」

「わたしつくづく、厭になっちゃったですよ」

「………」

じいさんは矢張り、いつものじいさんではなかった。何だか少し威厳をもっていた。

「おじいさん」

霜子は、じいさんのふんどしの見えない場所に、体をかわした。

じいさんが、なかなか返事をしてくれないので、霜子はモンペの破れから、自分の臑をさすっていた。

じいさんが、口をもごもご動かして、やっと口を開いた。

「角やん方《かた》へ行ったか」

「ええ」

「どうじゃった？」

「…………」

こんどは霜子が答えに窮した。ありのままを言うには、今日のじいさんは寡黙にすぎた。告げてしまっては、あとの影響がはかり知れぬような気がした。

じいさんは鎌を置いて、腕組をした。そして、ウンと深くひとりで頷くと、

「やっぱし、ホショウじゃのう」と言った。自問自答に似て、ゆるぎのない響きがこもっていた。

「ホショウって……？」霜子ははらはらしながら訊ねた。

「うム。でも、あんたのところには小豆はあるまい」

「ええ――」

「そんなら、仕様はなかろう。銭でいくか」

その時、霜子は、

（ホショウ、ああ補償のことか）と、はじめて納得がいった。

「何ちゅうても、相手が悪いわ。角やんも今じゃ、農地委員のパリパリじゃからのう。するだけの事はしといた方が、あとの祟りが無かろうて。のう、――」

じいさんはこう続けて断を下した。そうして霜子の顔をじいっと見まもった。霜子も黙ってじいさんの顔を見た。じいさんの眼差には、言うだけのことを言い了えて、肩の重荷をおろしたような、憐愛の色が浮んだ。

じいさんは一所懸命だったのである。朝早く事態を注進に来て呉れたのも、仇敵に見えるほど興奮して拳を振ったのも、皆その為だったのだ。その後も事の成行を静観どころか、真剣に解決の方法まで考えていて呉れたのである。霜子は誤解していた。七十年も同じ村に暮して来たじいさんは、過去にこれと類似した事件に遭遇して心痛した日もあったことだろう。山羊の逃亡に狼狽して、かりそめにもじいさんを冷淡だの楚歌だの思った自分の軽率が省みられた。

はずかしさに霜子はパッと頬が染まるのを覚えたが、

「それで、おじいさん、その補償って、どのくらいしたらいいのかしら」

と当面の大事な問題をたずねると、

「そうじゃのう」

じいさんは再びギュッと腕を組みなおした。

じいさんは慎重を極めた。角太郎の畑の面積や、小豆の植わっている部分の面積や、じいさんが過去何十年間に見て来たその畑の地力や、今年の作柄や、小豆一升のヤミ値や、供出の公定や、あれやこれや、縦から横から検討して、最後に或る金額が出るまでには、少くとも一時間を要した。

霜子はお礼を言って、じいさんの屋敷を出た。

家に帰って、山羊を柿の木につないだ。

けれども霜子は、じいさんにどのように御礼をのべたか、帰ってからどのようにして山羊をつないだか、すっかり覚えがなかった。

呆然と、失神したように、霜子は山羊を見ていた。山羊は、今にも張りさけそうな腹を波うたせて、口から青いゲップを吐いていた。霜子は帰りみち、随分乱暴に山羊の首を引っ張り引っ張りしたことが思い出された。こんなに腹がはりさけそうになっているのに、なおも道の草をむさぼり食おうとする山羊だったもの。思わず霜子は首を引いたのだ。引いて引いて、カタキのように引いて来たのだ。

それというのも、

「千九百五十円！」

じいさんは、あの時たしかにこう宣告したのである。

この大金に霜子は目をまわした。それは今時の人にはごく些細な金であっても、霜子にはそれがないのだ。理窟は簡単だが、どうしてこの大金を工面したらいいものか、そのことで胸が一杯だったのだ。

けれども既に霜子の決心はできていた。否、最初から考えて見る余地などあるわけがなかった。それはあの、自分の最後の、取って置きの、錦紗の長襦袢を手放すことであった。夫の古洋服のことがほんの少しだけ念頭にうかんだが、あんなぼろ洋服を三着そろえたところで、小豆三升にも足りないのである。耳をそろえて二千円という金が、右から左に出るのは、長襦袢をおいて他に一つもないのだ。じいさんが四六時中膚身から離したことのない財布の紐がちらりと脳裡をかすめた。しかしそれが言えた理はなかった。恐らくじいさんは東京の質屋の三倍の高利をつけても、ウンとは言わないであろう。よし仮りに、ねばりにねばって、ウンと言わせたとしても、その間には悠に十日間の日数を食うであろう。

角太郎の妻女の、あの憎々しい顔を思うと、今は一刻が争われた。

「幸雄、幸雄、幸雄」

と、家の中に向って、霜子は子供の名を甲高く呼んでみた。けれども子供がいる筈はなかった。子供はもうとっくの昔学校に行っていた。霜子は弓からはなれた矢のように、家にとんで入ると、あっという間にもう戸外に出ていた。決心は決行に移されたのである。

長繻袢のはいった風呂敷包を胸にかかえて、霜子は疾風のように町へ急いだ。

村の田圃の麦は黄に熟して、その中を検見の農夫たちが群をなして右往左往していた。肩にカバンをかけ、手に帳面を持って鉛筆や万年ペンで何か記入しながら、深く考えこんでいるのもいた。何か一種検事か判事の取調べみたいで、人数が多いのに逆比例して、野はシーンと静まりかえっていた。

途中、

「あら奥さん、どちらへ？」

と霜子は、数人の女の知り合いに出あったがその度、

「ええ、ちょっと、……町まで」

と答えるのがやっとだった。

けれども金策は予期していたとおり上々にはこんだ。その緋の無地の若向きの長繻袢は、かねてから町の古着屋の小母さんが所望していたものであったから、小母さんは二千や二千五百のはした金は屁でもなかった。

霜子は紙入れに手の切れるような札をしまいながら、自分ところの飼山羊がよその畑の作物を食った失策を小母さんに話してみた。するとしかし小母さんは、

「そりゃア、奥さん、相手は畜生じゃもの、なあ」

と一言の下に言ってのけた。からりと朗かに、少しの淀みもなかった。あまりの鮮かさに、何だか人ごとのような気がして、無責任な放言のようにさえ思われたが、しかし霜子はそれが却って自分の心を救ってくれるのを感じた。

霜子は無責任に飢えていた。

ずっと以前、もう十六七年も昔のことだが、霜子も新婚旅行をしたことがあった。その時彼女は一晩どまりで箱根へ出かけて、箱根の二流どころの宿屋で一夜をあかしたのであったが、その時彼女はあの緋の長襦袢を着て出かけたのである。

その日の晩、夜ねてから、霜子はあの旅行のことが思い出された。小田原から登山電車にのりかえると、小さな停留所の建物の裏にいちじくの実が青く垂れていた。宿の二階の奥まった部屋にとおされて、隣室はなかった。一晩のうち、温泉に三度もつかりにでかけたのは、夫が無理にさそうからであったが、一階の浴室まで深夜におりて行くのは、さすがに気がとめた。風呂の中で、……この人は色気違いではないか、とさえ思ったが、それでも万事夫に委せて一夜があけると、霜子は鏡台の前に坐って、みだれた髪をなおしながら、同じ室にただ二人きりでいることが、変な神秘な気持がするのであった。と、その

時、

「おい、霜子、この俳句、どうかね」

まだ寝床の中にいた夫が、こう言って、一枚の紙片を放った。

霜子は拾ってながめると、
　青桐の花の高さに宿りたる
と、こう書かれていた。

読んで、上手とも下手とも分らない俳句であったが、霜子はずっと後までこの俳句を覚えていた。

というのは、その朝、霜子はこの俳句を読んで、実地に外を眺めると、宿から半町たらずのところに本当に一本の青桐の木があって、青桐は俳句のとおり本当に黄色い花をつけていたから。そうしてその青桐の花は、ほんとうに宿の二階とちょうど同じ高さのところに咲いていたから。それが何だか軽業でもしているみたいな不思議な印象を残した。それで霜子はこの俳句を思いおこすと、自分はあの内気でつつましい青桐の花と同じような清らかさで、新婚初夜を明かしたような気がするのだった。

けれども先年夫が戦争にひかれて、いなくなってからは、だんだん、霜子の気持も変った。敗戦を境に、その頃あたりから、たとえばこの俳句ひとつ思いだしても、霜子は以前のように内気なつつましさばかりにひかれはしなかった。夫のつくった同じこの俳句を口の中でとなえてもすぐ彼女は、「宿りたる」という文句に「妊娠」という意をふくめた。一口に言えば霜子はもう一人子供が生みたいという欲望にかられ、早く夫が復員して、二人であの時のように温泉にでも出かけ、さっそくその晩みごもってしまう日を空想すると、矢も盾もたまらずその日が待たれた。生れる子供は女の子で、その子が成長してお嫁に行く日が待たれた。

こういう空想から、霜子は、あの長襦袢もその女の子のためにのこしておいたのであったが、思わぬ失策のために、いまはその希望も絶たれた。

やはり霜子はさびしかった。昼のうちは気も立って、角太郎の妻女に二千円の包みを握らせた時には、溜飲のさがる思いであったが、溜飲など、こうして一人になってふりかえれば、たいした価値のあるものでもなかった。角太郎の妻女は、そんなもの受け取れないとねばったが、こちらも二時間もねばってやっと渡した。だけどねばらねばねばらぬで、又悪口を言われるのは、火を見るよりも明かなことであった。

ひどい現実よ。もうすぐ自分の「女」は終るのだ。霜子はこれから、どんなにして此の村に処していればいいのだろう。

敗戦の時、この村で応召していたものは凡そ百人もあったが、今では帰らぬものは僅か四人になっていた。四人のうち、三人まではソビエトからハガキが来ていた。生きているとも、死んでいるとも、沙汰のないのは霜子の夫ひとりきりだった。

増富鉱泉

数年前、甲州の増富鉱泉に行ったことがある。健康なひとには耳寄りな話ではないが、私は東京帝国大学教授医学博士三沢敬義の著書『温泉療法』という書物をたよりに、病気の治療に行ったのである。

病気は指の怪我で、怪我のあとに瘢痕というぐりぐりができた。このぐりぐりを除去するのには、放射能泉がいい。しかし温泉国日本でもこの放射能を含有する温泉は、山梨県の増富鉱泉、島根県の池田鉱泉、岐阜県の恵那鉱泉、兵庫県の有馬温泉、鳥取県の三朝温泉の五個所しかないと書いてあった。

季節は十一月の中旬だった。地図をたよりに中央線韮崎で下車すると、まだ日はくれかけたばかりの時刻なのに、バスの終車は出発した後だった。

もう二時間ばかり早目に東京を出発するんだったと後悔したが、後悔は先にたたず、ハイヤーではどうかとバス会社の事務員にすすめられたが、それほど急ぐ旅でもなく、韮崎の畳のきたない商人宿に一泊した。

あくる日、私は一番バスに乗りおくれた。二時間待って、増富にむかったが、途中、家が五、六軒しかない塩川というさびしい部落で、バスからおろされてしまった。この先に崖崩れがあって、バスは運転不可能だということだった。

バスの女車掌が教えてくれた方向に私はあるいた。が、バスからおりた十数人の乗客は部落のどこかに吸われて、私はひとりになってしまった。十数人もいた乗客だから、一人や二人は連れもあるだろうと考えていたのだが、すっかり当《あて》がはずれた。
二、三丁坂道をのぼって、私は心細くなった。道をまちがえて、とんでもない方向に行ったら、とりかえしがつかなかった。
そこへ薪を背負った頬かむりのお爺さんがおりてきたので、

「おじいさん、増富へ行くのはこの道を行けば着きますか」

ときくと、

「一本道だから、間違うことはねえ」

と、お爺さんが教えてくれた。

そういわれても、この狭っこい道を、ふだん、バスが本当に通っているのであろうか。私の胸には一抹の不安がのこったが、しばらく行くと、十数人の人が道普請をしているのに出あった。

崖崩れというから、崖が崩れているのだろうと私は思っていた。それには相違なかったが、これをもっと正確にいうと、山の土砂が上から落ちて道をふさいでいるのであった。山からおちて来た土や石を下の川に投げ棄てれば、作業は片付くのである。もっとも、投げ棄てる時、うっかりして身体の重心を失えば、身体も深い谷底におちる危険性が多分にあった。

「ご精がでますなあ。お仕事中のところ、恐れ入りますが、ちょっと通して頂けますか」

私は働いている人に声をかけて許可をもとめると、

「どうぞ。足もとに気をつけて下さい」

と、なかの一人がいった。

それから私はその奇妙な道を、山の奥の方へ奥の方へとすすんだ。どこまで行ってもその山道は同じ一本道で、私はふと、左官屋が家の壁をぬる時、足場にしているあの一枚板を連想した。昨夜、物のはずみでハイヤーで来ていれば、塩川でおろされた後、運転手の注意で懐中電燈の用意はしていたとしても、私はこの辺で立往生していたのに違いなかった。

谷の底は案外、広かった。広いところもあれば、そうでないところもあった。谷底の石や岩の間に、楓《かえで》が自生しているのが見えた。普段なら何の木かわかるまいが、いまは美しい紅葉のまっさかりなので、私にもよくわかった。

ところがもう少し進んで行くと、上の山から木の葉がぱらぱら落ちてきた。いや、ぱらぱらと思ったのは瞬間で、その落葉はざあざあ滝のような音をたてた。

だんだん分ってきたが、山の上には冬が一ぺんに訪れて来ているのであった。冬が来た以上、樹木が葉をつけているのは山の掟に反するかのように、木々は落葉をいそいだ。山の神様が、百尺もある大熊手をふるって、山の斜面を掻きなでているかのような印象であった。

私は一年に一ぺんしかない、その偶然の日に行き逢ったのだ。でもこんなに沢山落葉が道にたまっては、道がつるつる辷ってあぶないのではないかと、ちょっと気になったが、私など心配する必要はなかった。道の上に落葉がたまると、頃合をみはからって、さっと一陣の風がふいてきて、落葉を下の谷に掃きおとす見事さは、なまけ者の女房族などに見せてやりたいほどだ。

時刻は午後になったばかりで、天気は上々の小春日和だった。道はいわゆる葛《つづら》折《お》りに曲って来て、その曲り工合によって、太陽が山の上に上ったり没したりした。歩き工合によって、道は朝の九時頃の気配になったり、十一時頃になったり、夕暮のふんいきになったりした。私は一日のうちに一週間も旅行をしているような気持だった。

距離でいうと韮崎から通算十里の道を増富についてみると、増富には宿屋が五軒しかなかった。

私はバスの終点のすぐ前にある一葉館というのに投宿した。二階の一室にとおされるが早いか、女中が炬燵の蒲団がこげはしまいかとはらはらするほど沢山火を持って来た。炬燵は囲炉裏のような大きな掘炬燵だった。

すっかり冬景色になった山々を窓から眺めながら、

「ねえさん、この前の川では何か魚が釣れる?」

と白粉気のない十七八くらいの女中にたずねると、

「釣れます。ヤマメやなにかが」

と女中が言った。

けれども私は釣に来たのではないので、丹前に着替えるが早いか、半地下室のような所にある浴室におりて行った。浴室は女風呂は閉鎖中で男風呂だけが開いていた。夏の間は、廊下にまであふれるほど泊り客があったが、これから春になるまでは宿屋は暇をもてあますのだそうであった。

裸になって男湯のガラス戸をあけると、浴槽の中に首まで沈んで一人の婦人がうずくまっているのが見えた。

「失礼します」

と私は言った。

「どうぞ」

と婦人が答えた。

私はその頃いちじるしく性欲が減退していた。年が五十の声をきいているからとは言え、それは少々ひどすぎる状態にあった。つまりこれも、指の瘢痕の痛みからくる間接的な副作用に違いなかったが、私は道ゆくうら若い美人をながめても、その美を感得することが出来なかった。否、かえって醜悪にさえ見えるのが、私の人生を灰色にしていた。

気おくれをかくす為、私は念入りなかけ湯をし、浴槽に飛び込んで体をしずめると、

「もっと、こっちへ、いらっしゃいません?」

と女が誘った。

「はあ?」

私があいまいな返事をすると、

「そこは冷たいでしょう。ここが一番あったかいんですよ」

と女が言った。

実際、女に言われるまでもなく、その湯はひどく冷たかった。体温をはるかに下廻る温度だった。

「では、少々失礼……」

返事をして、私は爪先で湯の中をあるいて、婦人の方へ進んだ。畳敷にして、畳が四枚分敷けるか敷けないか位の浴槽であった。

その浴槽の壁にあたる部分の岩の間から赤錆びた鉄管がのぞいて、その先から温泉がか

けひのように流れおちている。女はその湯を今までひとりで肩に受け、アンマの代用にしていた訳であったが、私が進むと体をずらして、私のために席をあけた。

換言すれば、湯の出る鉄管を中心にして、私と彼女は、壁を背にして並んだわけであった。それがこの場合、最も自然であり、公平でもある態勢であった。

が、並ぶが早いか、年の頃三十一二と思われる彼女が言った。

「ダンナは、今、お着きなんですか」

彼女は、話に飢えている様子であった。事実私もすぐ気づいたが、この低温の湯の中では、おしゃべりが何より体温と湯温の異和を、ごまかしてくれるのであった。

「ええ、今着いたばかりです」

「どちらから？　東京？」

「はあ」

「やっぱり、御湯治で？」

「はあ」

私はなんとなくメンタルテストでも受けているような恰好であった。が、たとえ年は親子ほどちがっても、彼女はこの湯に関する限り私の先輩であった。

私はかいつまんで、自分の病歴を彼女に話した。いくらかいつまんでも、時間にすれば三分や五分で言いつくせるものではなかった。

その間に私の体は、何度か彼女の体に接触した。原則としては、三センチばかり間隔がおいてあるのだが、生身の人間の体は釘付けのように固定させておく訳にはいかない。あるかなしかの風にも、木の葉と木の葉がふれ合うに似ていた。

ところが、腕や肘はそれほどでもなかったが、彼女の大腿部と私の大腿部が接触する時の感触は大変気持がよかった。何だか炬燵にでも当っている時のような快感であった。けれども誤解はしないでほしい。これは、もう何度も言ったように、この温泉の湯が低温であるがための、補充的快感であった。たいていの男がこういう時、百人が百人感ずる筈の性的快感ではなかった。

「だからオクサン、ぼくは、現代の医学には失望して、ここへやって来たんですが、ここのこのお湯、少しは効き目があるんでしょうか」

「さあ。わたくしも、はじめてですから、よく分りませんけれど、昨日帰った甲府のおばあさんは、大分よくなったと喜んでいましたよ」

「で、オクさんはどちらからいらっしゃったんですか」

「わたくしは静岡生れの静岡育ちなんです。材木屋の一人娘で、主人は養子なんです。ですから少しはわがままがきくんです」

「それにしても随分さびしい温泉ですなあ。いま、この宿には何人位お客があるんでしょうか」

「二人だけです。ダンナとわたくしと」

「へえ。たった二人だけですか。勿体ないみたいですなあ」

「はあ、何だか買切りみたいで……。でも時々ハイキングの学生がお湯にだけつかって行きます。それから二三日前には、県会議員が二、三十何人、林業視察に来て、大酒をのんで行きましたよ。その時、案内役の技師のような人が温度計をもって来てはかったら、この湯口のところが恰度三十度で、この中程が二十九度で、そこの流れ口は二十七度だったそうですよ」

「二十七度ですか。だから、こんなに冷たいわけですなあ。これでせめて、三十四五度あると、ちっとは、温泉気分がわいてくるというものでしょうが」

「ええ。でも、すぐになれますよ」

「なれますかなあ。オクさんは、もう大分お長いんですか」

「いいえ。今日で八日目です」

「どこがお悪いんですか？　見たところ、よく太っていらして、ちょっと病気のようには見えませんが」

「あら、そうでしょうか。わたくし病気するまでは十四貫の上あったんですけれど、いまは十二貫しかありませんのよ」

「病気は何ですか」

「婦人病なんです」

「でも一口に婦人病といっても、種類はいろいろあるのだろうと思いますが」

「子宮筋腫というんです。ですから、子宮を全部取りのけちゃったんですよ」

「ほう。すると、月のものなんかどういうことになりますか」

「メンスはなくなります」

「すると、男みたいに世話がやけないでさばさばするようなものの、それは無責任な言い方で、実際はへんな気持になるもんでしょうなあ」

「はあ。へんな気持よりも、痛いのにこまるんです」

「痛むって、どこが痛むんです?」

「はあ、こんなこと若い学生なんかの前では言えませんが、……お医者さんのカルテに記載されている文句で言いますと、交接時膣ニ痛感ヲ覚ユ、とこう書いてあるんです」

なるほどなあと私は思った。それでは、婦人は人に知れない難儀をしているわけである。ひいてはその養子も人に知れない難儀をしているわけである。

子宮の疾患にほかのところが痛むとはちょっと嘘のようだが、人体の細胞組織は不思議なものだった。げんに私なんかも指の第二関節に瘢痕ができているのに、その部分は却って痛まず、それよりも先端部にかけて痛みがはげしいのであるから、婦人の現象も十分に納得できるというものであった。

その晩、私は一杯のみに出た。夕飯の膳に一本つけてもらったが、それでは物足りなかった。かと言って、県会議員みたいにじゃんじゃん追加註文をするわけには行かなかった。私の財布は乏しかった。乏しい財布でなるべく長い滞在日数をかせがねばならなかった。

ところが、この増富には飲み屋というものが一軒もなかった。以前は一軒だけあったそうだが、今はなかった。さむざむとした気持で、谷川にかかった土橋をわたると、その橋の袂に西洋館まがいの雑貨屋が一軒あった。せまい場所に無理に建てたような二階家で、家の半分の土台は、川の中にのめり出したような建て方だった。

「今晩は」

私が声をかけると、奥から十五六の少女が出て来た。赤い毛糸のセーターを着ているのがかわいらしかった。

ガラスのケースの中をのぞいて、

「これを一つ下さい」

私はウイスキーの小瓶を一本もらった。

代金を渡すと、少女は奥の方へ引っ込んで行った。

釣銭をとりにいったのであった。その間、私がしょんぼり土間につっ立っていると、

た。

「まあ、おあがんなさいよ」

奥から男の声がきこえた。しかし、私はその声が、私をよんでいるのだとは思わなかった。

「もしもし、お客さん、上って炬燵にお入りなさいよ」

二度よばれて、私ははじめて自分が声をかけられているのに気づいた。

情にほだされて、私は座敷に上って、炬燵に入り、一杯やることにした。

声の主は七十を過ぎた老人であった。が、見かけたところは六十位にしか見えなかった。数年前細君に先だたれて、隠居仕事にこの店を始めたのだそうであった。

実家はここから五里ばかり山をくだった若神子《わかみこ》という所で、若神子の雑貨屋は息子にゆずってあるが、今ではひょっとすると、若神子の本店よりもこの支店の方が売上げが多いかも知れないとのことだった。

尤もこれから来年の春まではひまだが、そうかといって、いくら少い日でも日に三千や三千五百円の売上げはあるから、店をしめるわけにもいかないとのことだった。

ここにはいま宿屋が全部で五軒あるが、その経営もみんなよそから来たものがやっている。この村のものは、今となっては手おくれで、七月八月の忙しい時、娘を宿屋の女中に出して、日当かせぎをさせるくらいなものだとのことだった。

飲みながら、こんな爺さんの話をきいているところへ、一葉館の女中が入ってきた。

女中は、海苔を一帖と鶏卵を二個註文した。これが明日、私と婦人の食膳にのぼるのかも知れないと思うと、私はくすぐったいような気がして、顔を柱のかげにかくすようにすると、

「お客さん、どうぞお早くね」

女中はやっぱり見つけていて、私をからかうように言って帰って行った。

そのからかいの裏にはもう一つ、お酒はこんな所で飲まないで宿でのめば、わたしがうんとサービスしてあげるのに、という意味がかくされているように思われた。

そこがつらい所だったが、私は馬鹿の一つおぼえのように、そのあくる日も雑貨屋へ出かけた。そのあくる日もでかけた。

その飲み代を参考のために次に書きとめて見よう。

第一日。ウイスキー、一二五円。生ブドウ、三合、一二〇円。落花生、二五円。

第二日。ウイスキー、一二五円。生ブドウ、四合、一六〇円。落花生、二五円。

第三日。ウイスキー、一二五円。生ブドウ、四合、一六〇円。落花生、五〇円。キャラメル、二〇円。

この三日目、キャラメルを買ったのは、私は私のただひとりの湯友達であるオクさんの土産にしようと考えついたのである。同じように湯治に来て、同じように冷たい鉱泉につかって毎日難行を重ねている間柄でありながら、夜になると、自分だけが外に出て酒の享

楽にふけるのは、何となくオクさんにへんな目で見られるのではないかと思われて来たからであった。申訳ないような気がしたからであった。

宿にかえると、私は私の部屋へ戻るのとは別な階段を二階へあがった。すると長い廊下のまん中あたりに、スリッパが一足、――一足だけきちんと脱ぎそろえてあるのが薄暗い光の中に見えた。その部屋の前に立って、

「オクさん！」

と、私は声をかけてみた。が、返事はなかった。

「オクさん！　もうお休みですか」

私はもう一度声をかけてみた。が、返事はなかった。

すると私は、わけもわからず、胸がどきどきしてきた。自分にはちっともやましい気持はないけれど、もしも女中にでもみつけられたら、あのじじい夜這いをしている、と錯覚をおこすかも知れない。

毎日、おなじことばかり繰り返しがつづいた。朝起きると、飯を食う。それから湯に入る。出て来てまた飯を食う。食ったあとまた湯にはいる。出て来てまた飯を食う。

だが私はどうしても、オクさんの熱心には及ばなかった。別に先陣を争う競争心はないけれども、朝、私が浴室におりて行った時、オクさんが先に入っていなかったことは、一

度もなかった。

　ところが或る朝、それは、私がキャラメルを買って帰った晩からかぞえて六日目か七日目かの朝であった。私が浴室におりて行くと、オクさんの姿が見えなかった。

「あ？」

と私は声に出して叫んだほどである。

　私は自分が数え年十一の時、小鳥を飼ったことがあるが、或る日学校から帰ると、その小鳥がいなくなっていた時のことが思い出された。

　その時とそっくり同じような気持で、一人で湯につかっていると、私はむやみやたらに彼女が来るのが待たれた。

　空虚な気持をごまかす為、私は湯口を独占して、流れおちる湯で背中のアンマをさせていたが、それにもあきると、気ばらしに、足の爪先だけで浴槽の中を駈足してみた。

　だが、湯の中の駈足が、そんなに長く、つづけられるものではなかった。

　いつも一時間半はたっぷり入っているのに、この日の第一回の入湯は約三十分くらいで切りあげて湯から出た。そして熱くわかしてある上り湯で体をあたため、流し場に出て体を上から下へふいている時であった。

「ごめんなさい」

　ガラス戸があいて、宿の丹前ではない、和服姿の彼女がにゅっと顔をのぞけた。

不意をくらって、私は前をかくした。

「あの、ダンナ、わたくし、今日これから帰ります。どうも、長いことお世話になりました」

と彼女があらたまった調子で言った。

「それは突然ですなあ。もうお帰りなんですか。もう一日くらい、延期されてはどうですか」

と、私は前をかくしたままで言った。彼女に去られたあとの寂しさが思いやられた。

「はあ、でも……」

「やっぱり、オサトがこいしくなったんですか。しかしそれは、結構なことには違いありませんけれど」

私がうらめしそうに彼女の顔をみつめると、

「いやですわ。そんなこわい目」

と、彼女はしなをつくって、ポンと私の肩をたたいた。

そして逃げるように、浴室を出て行った。

丹前を着ながら、私は突如として肉体の昂奮を覚えた。まっ裸の彼女よりも、晴着姿の彼女が、私の脳下垂体を刺戟したものらしかった。温泉の効果は少くとも十日間辛抱しなければあらわれないと言われているが、かぞえてみれば、恰度そんな時期が来ているのかも知れなかった。

十日間でこれだけきくなら、十七日いた彼女の方はもっともっと、効果があらわれているのかも知れなかった。

私は彼女を祝福する意味において、ぬれ手拭をさげたまま、二階へ上って行くと、彼女の部屋の襖は半分あいたまま、あたかも私の訪問をまちうけているかのようであった。

「オクさん、おめでとう」

私が声をかけると、さっき浴室でみた塩沢絣お召の上に、さらに霜ふりモヘヤのコートを羽織って、鏡台の中をのぞいてみていた彼女が、こちらをふりかえった。その姿はさっき浴室でみた時の印象よりも、更に一段となまめかしかった。

「おめでとうございます、オクさん」

と私がもう一度いうと、

「?」

彼女が不審そうに首をかしげた。

「バスは何時ですか」

「十時三十五分です」

「今は何時ですか」

「今、……二十五分です」

「ではあと十分しかありませんね。残念ですなあ。しかしオクさん、よろこんで下さい。ぼくも大分いいようです。その兆候が今朝あらわれました」

「は？」

「祝福して頂きたいのです。ぼくももう年ですから、いつまたあなたに会えるか、わかりませんから」

　私が言葉の表現不足を補うかのように、湯手拭を投げすてて両の手を大の字にひろげると、そこは十日間朝昼晩裸づきあいをした病気友達湯友達、彼女はすっと影絵のように立ち上って、ふんわりとしたモヘヤのコートに包んだ肉体を私の両腕の中になだれ込ませた。

男の約束

一

過日、東京では愚連隊狩りなるものが、当局の手によって行われた。その有様が、毎日のように新聞に出た。

作家の佐々良氏はその記事を精読したわけではなかったが、大きな活字で出るから厭でも目につく。或る日、新宿だったかどこだったか場所は忘れたが、唐もろこし売りが槍玉にあがっているのをみて、へんな気がしてならなかった。

おそらく、竹の籠かなにかに唐もろこしの焼いたやつを入れて、立ち売りしたのであろうが、そんなのまでが愚連隊のうちに入るのなら、自分だって、愚連隊の一員ではないかというような恐怖が、秋風のようにしのびやかに胸の中を通りすぎた。

客観的に言えば、佐々良氏は作家とは言っても、俗な表現をすれば、その道では一番下っぱの、兵隊の位で言えば二等兵であるから、いつなんどき予後備にまわされて、新宿あたりへ唐もろこし売りに行かなければならないか、はかり知れたものではないからである。

それから或る日は、写真入りで上野あたりの支那そば屋が、ぞろぞろ、何十台か列をなして、警察署にひっぱられて行く風景が出ていた。支那そば屋がなんで愚連隊なのか、佐々良氏はちょっと合点が行かなかった。が、説明をよんでみると、どうやら支那そば屋の屋台には、パンパンがそばを食いに来るのが、いけないというにあるらしかった。何故ならパンパンはそばを食いながら、ほかの善良なお客さんにウインクをおくって、肉体的取引契約を成立させることがあるらしいのである。

春秋の筆法をもってすれば、この春、売春法が発効して、支那そば屋の屋台(固形物)は売春契約の場所を提供した罪に問われるもののようであった。固形物には口がないから、そば屋のおやじが、証人として引っぱられているもののようであった。

それで証人は犯罪容疑者(物)を引っ張って警察に出頭している途中の風景であるらしかったが、しかし、こんなに何十台もの屋台を収容する設備が果して警察にあるのであろうか。上野浅草あたりと言えば、東京でも人口の密集地帯であるから、恐らくそんな贅沢な設備はないであろう。

さすれば狭い警察署の構内に、屋台は収容しきれないから、必然的に警察署付近の街上に屋台があふれて、交通上いたく支障を来たすに違いない。

迷惑を蒙るのは罪なき民家というハメになって、正義感の強い上野浅草っ子が、道路交通法違反で警察署長を検察庁に告訴したら、その結果はどんなことになるであろう。

懲役三年！

とまでは行かないにしても、人ごとながら、心配性の佐々良氏は、気がもめて仕様がなかった。

佐々良氏の記憶にまちがいがないとすれば、昭和初年頃共産党の闘士にたしか三田村四郎という人があった。この人がかつて大阪の何とか警察で巡査をやっていた時、今の言葉で言えば交通道徳遵守週間というようなものがあった。成績をあげなければ勤務評定に拘る署長さんは、その第一日の朝、署員を集めて大訓示をやった。違反者は遠慮会釈なくひっ捕えて、ブタ箱にぶち込んでしまえ、という熱の入れ方であった。

ところがその日の晩、命令にしたがって三田村巡査が管内をパトロールしていると、向うから右側通行の千鳥足でふらふらやってくる、一人の紳士があった。

「こら、こら。天下の規則じゃ。道は左側を歩け」

と三田村巡査が注意を与えると、

「何にイ」

とその酔っぱらいがひらき直った。

「今は交通週間じゃ。道は左側を通行せいと言うんじゃ」

「何にイ？　もう一度言うてみい。貴様はどこの何者か」

「おれは、××警察署勤務の平巡査三田村四郎というものじゃ」

「三田村四郎。ふーん。しからば、貴様はおれが誰であるか分っとるだろう」

「分っとるとも。お前は大阪市××警察署長〇〇〇という者であろう」

「いかにも、そのとおり。お前達若いもの、今日は交通道徳の取締り、ご苦労である喃《のう》」

人だかりがして来たので、署長さん、いくらか温情を交えた下手《したで》に出て、行き過ぎようとするのに、

「こら、待て」

三田村巡査は鋭く一喝をあびせた。

「待てと言ったら待て。待たぬと手錠をかけるぞ。今日われわれは、署長の大訓示に従って行動しとるのじゃ。相手が何者であろうが、手加減を加えることは出来ん。手錠がいやなら、おとなしくおれの後について来るがよい」

蛇にあった蛙のようにすくみあがった署長さんを警察署に連行、三田村巡査は遠慮会釈なく、ブタ箱にぶち込んでしまったのだそうである。

その結果、三田村巡査はその翌日、当の署長さんからクビを言い渡されたのがオチであったが、佐々良氏はこんな昔話を思い出したりした。

しかし、愚連隊なるものの正体は、新聞を散見する位では、なかなかつかめなかった。

ところが或る日の新聞に、愚連隊の大親分ともなれば、一晩に何百万円もの収入があると書いてあるのを、佐々良氏は見つけた。

尤もこれだって詳しい事情は分りっこないのだが、とにかく大親分はどこか秘密の場所でバクチを開帳すると、そのテラ銭がおどろく勿れ、一晩に何百万円にも上るのだとあるのを見て、氏もまた思い出すことがあったのである。

二

というのは、今から十二三年も前、敗戦の年もあわただしく暮れて、昭和二十一年一月一日。

この日、佐々良氏が目をさましたのは、満洲は長春、長春の南はずれの、南長春駅の前にある、アカネ・ホテルという宿屋の一室であった。

部屋は六畳で、畳は炊事の水で汚れたりして穢なくなっていたが、部屋そのものとしては決して悪い方ではなかった。

ほかに五十ばかりある部屋には、北満から逃げて来た避難民が、二世帯も三世帯も一室につめ込まれているのに、佐々良氏はひとりで悠々この一室を独占して居た。

と言うのは、氏はこのホテルが敗戦まで営業していた時のお客であったという前歴がものを言っていたのかも知れないが、それよりも、氏は四十すぎた年は争われず、その両びんには白いものがのぞいているにも拘らず、ほかの半後家を同居させては、夜の退屈しのぎに半後家をひっかけはしないかと、用心されているもののようであった。

当っているかいないかは別として、それよりも敗戦直後の八月には、九月になれば引揚が始まるという風評が、当地では立ったのである。九月になると、十月には是非かえれるという風評がたったのである。十月になれば、こんどこそ十一月には間違いないという風評が立ったのである。が、それらはことごとく嘘だったので、この調子で行くなら、もう永久に日本には帰れないのではないかという絶望感が、佐々良氏の胸には起きかけて来ていた。

だとするならば、一層のこと、肉体の健康上からも、精神の衛生上からも、こちらで新しく女房をもらった方が、ケンメイな措置になるかも知れない。

痩せても枯れても正月ともなれば、何か感懐はあるもので、こんなことをぼんやり考えながら、起き上った佐々良氏は、さっそく一杯やることにした。

申すまでもないことだが、顔なんかは洗わない。水道の水は去年の八月から断水しているからであったが、よしんば水道の水が出たとしても顔なんか洗うのはタブーに似ていた。そら、縁起かつぎの男が競馬に出かけて行く時、朝がた細君と行《おこな》っても、ふかないで行く、あの心境に通ずるものがあったかも知れない。

酒は、久しぶりの日本酒だった。前の日、見知らぬどこかの男が売りに来たのを、佐々良氏はなけなしの財布の底をはたいて、買っておいたのである。

氏はその酒のカンをすべく、押入の奥深くかくしてある電熱器をとり出した。敗戦国人ともあろうものが、こんな便利な科学用品を使用することは、一切厳禁になっていたからである。

その電熱器を、佐々良氏は小学生用の木の腰掛の上にのせた。

この腰掛はつい二タ月前、十一月はじめ頃、順天国民学校から、氏がかっぱらって来たものであった。

その頃、佐々良氏は、白酒《パイチュウ》の行商をやっていたが、或る日、行商のかえりに、順天公園という公園を歩いていると、偶然この小学校の前に出た。小学校の建物はいやにひっそりしていたが、佐々良氏は糞なつかしさのあまり、中に入ってみることにした。

糞なつかしさと言うのは、去年の八月、ソ連開戦と同時に、戦車下敷特攻隊として、氏が召集された時、その第一夜と第二夜を送ったのが、この小学校であったからである。

「お前達は、天皇陛下のために死ね。生きて囚虜の恥をかくな」

と関東軍司令官の無茶糞な命令を伝達されたのが、この小学校であったからである。

猫の子一疋いない小学校はがらんとし過ぎて、ガラスが一枚もない教室の、満洲の赤い夕日がさしこんでいるのが印象的であった。教室には黒板もなくなり、机も腰掛もなくなっていたが、もと黒板のあった上の壁にかかげられた東京二重橋の青い写真が黒茶けて、赤い夕日を反射しているのも印象的であった。

しかし長く見物している余裕もないので、踵を返して廊下に出た時、廊下の片隅に小学一年生用位に思われる木の腰掛を一つ見つけた。見つけた瞬間、佐々良氏はその腰掛を肩にひっかついだ。かついだ瞬間、氏はこの腰掛を、来るべき冬の用意に備えて炬燵のやぐらにしようと考えついた。

どうしてこの腰掛がたった一つだけ残っていたのか分らないが、で、佐々良氏は、宿舎にかえると早速鋸を借りて来て、その腰掛のクッションの部分を切り捨てると、ちょっとゲテもの趣味のような炬燵やぐらができ上った。中に入れる火鉢は、宿舎の前の原っぱにころがっている植木鉢で間にあわせることにした。

ところが満洲では、建築の構造が空気を通さぬように出来ているので、そんなものに寝たら、一酸化炭素がつまって、死んでしまうと聞かされて、折角の発案も、発案倒れに終ってしまったのである。

で、いまではその腰掛は電熱器をおく台になったり、食事のお膳代りになったり、時には爼《まないた》の代用品になったりしているのであった。

が、やっと酒のカンが出来て、一杯のみはじめた氏は、少し酔いが廻って来ると、どら声をはりあげて自作の短歌の朗詠をはじめた。

○
はるばる海をわたりて
死にに来し
我が運命《さだめ》の愛《かな》しくもあるか
○
飢えて死にこごえて死なん
日もあらん
されども我は人は殺さじ

どれも、敗戦直後のどさくさ時、辞世のつもりで作った歌だが、こんな歌でも、おめおめ、こんなばかばかしい状態のまま、死んで行くのはあほらしという気分がわいてくるのである。

と、その時、室の外でドアを叩くノックがきこえた。正月早々、使役《しえき》の伝令でも来て、ソ連の兵舎につれて行かれて、薪割りなどやらされては、たまったものではなかった。薪割りだけですめば我慢するとしても、風向きによっては、それっきり、シベリヤ送りになってしまう危険性が多分にあるのだ。

「誰かね？」

と、佐々良氏が叫ぶと、

「わしだよ。……ちょっと、開けて」

と返事をする女の声が聞えた。その声は三十七号室にいる半後家の三条タマエの声であった。

ちょっと注釈するが、この宿舎にいる女性で、自分のことを「わたし」だの「あたし」だのと言っているものは一人もなかった。そんな一流言葉をつかっていては、今の生活状態とマッチしないのである。

「あくよ。ドーンと突いてごらん」

佐々良氏が声をかけると、ドーンと扉があいて、明けて三十になったばかりの三条タマエが、胡桃のようにくりくりと陽にやけた顔をのぞけて、

「じいちゃん、わし、おねだりに来たんだけど」と言った。

「おねだりだなんて、なんだ？　まあ、あがれよ」

すると、タマエは座敷にあがって、坐った。

「なんだい？　いやにあらたまって」

「これよ、これに一杯、頂戴」

タマエは、洋服のポケットにかくしていたガラスのコップを佐々良氏の目の前にのぞけた。

「酒か」

「うん」

「何にするんだ」

「トウチャンの写真にあげるんだよ。今日は正月だもん」

「トウチャンも呑める口だったのかい」

「うん。じいちゃんほど大酒のみではなかったけれど、好きだったよ。電報局の事務員の月給じゃ、思いきり呑めなかっただけよ」

「さては君がケチケチしたんだね」

「うん。だってそりゃ、将来のこともあるから、天引貯金なんかしていただろう。だけどこんなひどいことになるとは夢にも思わなかったんだから、仕方はないよ」

「で、罪亡しに一杯供える気になったのかい」

「うん」

「その心掛は殊勝だなあ。だからそりゃア、やるのはやるがね。しかしタマちゃん、それには交換条件がある」

「交換条件って、何？」

「今日は正月だから、おれはタマちゃんと初キッスがしてみたいんだ」

「まあ、いやだ」

「だけど、タマちゃん、一年の計は元旦にありと言うだろう。それでおれは今朝、寝床の中でつくづく考えたんだが、今年はどうしても、嫁さんを貰おうと決心したんだ。どうせこの分じゃ、日本には帰れそうにもないから、心機一転、新しく嫁さんを貰って、生活を叩き直そうと決心したところなんだ。現状においては、それよりほかに手はないよ。だからこの現状を打破するために於て、タマちゃん、君、キッスなんて毛唐じみたものがいやなら、ちゃんとれっきとした、おれのお嫁さんになってみる気はないかい」

「いやだなあ。じいちゃん、今日はもうそんなに酔ったの?」

「おお、おれは酔っとる。さっき歌をうたっているうち、どかっと酔いが廻って来たんだ。だけどタマちゃん、いくら酔ってはいても、おれの言ってることは正真正銘、本心なんだよ。……タマちゃんはおれがこんなに惚れても、惚れ返してはくれそうにないが、さてはどこかに、惚れた男でもあるのかい?」

「ううん、惚れたというのとは全然違うけれど、わし、すきな人はあるよ」

「へへえ。それはどんな男だい?」

「そら、わし、毎日、満鉄の線路に石炭を拾いに行くだろ。すると汽車のカマタキで、いつの間にか一人顔なじみが出来たんだ。そのひと、わしの姿が見えると、汽車の機関車の上につんである石炭を、がらがらっと、一貫目位おとしてくれるんだ」

「へへえ、それは親切だなあ。そのカマタキは、日本人かい、それとも中国人かい?」

「それはわからないんだ。防寒帽子を深くかぶっているもの」

「年は？」

「年なんか、なおさら分らんよ」

三条タマエは、毎日、満鉄の線路に石炭をひろいに出て、銭にかえ、はっきりしたことはわからないが、おそらく南方の沖縄方面に送られて戦死したものと推察される夫との間にできた、五つになる男の子を養っているのであった。

三

酔った佐々良氏は、また、布団の中にもぐり込んだ。

四十を越えた初老の、異国でひとりで敗戦にあった氏は、酔って寝ている時だけが、極楽であった。

だから氏は、今日のように上等の日本酒ではなくとも、酔って寝ない夜は、一晩もなかった。酒は氏の暖房であり、女の襦でもあったのである。

ひとはよく、お前は妻子を内地においたまま来たのは、先見の明があったのだと賞めてくれた。「わしらも家族さえ居なければなア」と羨望の目をこめて嫉妬するものさえあった。

が、嫉妬される方の佐々良氏にしてみれば、そんなことを言う男が、たとえ高粱の粥にせよ、一家そろって食卓に向かっているのを見ると、何とも言えず羨望の念がわいた。おかずが悪いだのなんて亭主が不服を言ったり、負けてはいず細君が亭主にくってかかったり、あげくの果てに摑みあいになったりするのを見ると、

（おい、おい、人前もあろうぜ）

と、頰っぺたを七つ八つひっぱたいてやりたいほど、やきもちが起きた。

もしも神様が公平な判決をくだすとするなら、どっちもどっちだとお茶をにごすであろうが、不幸なことには佐々良氏は神様とは縁がうすいのであった。

氏は先見の明なく、敗戦の半年前、空襲下の東京をあとにして、満洲くんだりに渡って来たのである。

就職先は、満洲ＮＫ公社の嘱託というのであったが、嘱託には机はいらんということで、氏は社に出かけても、腰をかけるところもなかった。

つまり、何もしないでよかった訳であるが、そんな嘱託さんにでも、どういう風の吹き廻しであったか、敗戦がきまると、解散手当がもらえた。

金額は平社員なみの五千円で、この金額はインフレさえなければ、一年悠々自適できる金額であった。

こんな大金を持ったことのない氏は、その金のかくしどころに窮した。宿屋の部屋は天井がなく、押入や畳の下というのは、ソ連兵がダワイにきたとき、あまりに普遍的すぎ

た。

　更に悪いことには、五千円という大金を、佐々良氏は五円札で支給されたのであった。支給された時、

「こまかいもので、すみません」と会計係が申訳ないみたいに言った。

「いや、かまいません。却って、貰ったような気がして、いいです」

と、佐々良氏は答えた。その時は、大金に目がくれて、実際そんな気がしたのである。

ところが、だんだん理由がわかって来た。つまりそれは、まだ敗戦の詔勅も出ない前、関東軍の幹部が、愚連隊の親分みたいに、中央銀行にトラックをのりつけ、高額紙幣を全部かっぱらって、朝鮮国境に近い山の中に逃げているからであった。

　王の早逃げ八手の得。

　こんなケチのついた小額紙幣なんぞ、どぶの中でも叩き棄てたいほどであったが、わざわざそんなことをしなくても国（満洲国）のなくなった紙幣なんか、いまのうちルーブル紙幣のように紙屑になるだろうと思った氏は、じゃんじゃん使うことによって、鬱憤をはらした。

　ところが実際は、国のない紙幣でも、なかなか無価値には、ならなかったのであった。

　かさねがさね、佐々良氏の思惑ははずれた結果であったが、五千円の大金のうち、半分が無くなった時、氏は、街に出た時、ぱったり、敗戦まで新聞記者であった呑助友達の泉

山に出逢った。

「おお。まだこちらに居ったのか。ところでどうだ。ものは試し、ちょっと君、城内の様子を探訪して見ようか」

と泉山がさそいかけた。

「おお」

と佐々良氏は答えた。その頃まだ日本人は城内に入るのは危険視されていたのである。が、危険な場所は、一寸覗いても見たくなるものである。

でも撲られたり、殺されたりするのは厭であるから、城内の入口通りまで来た二人は、立ち止って二の足をふんでいると、

「おい、あそこのラジオ屋の前にいるのは満人作家のSじゃないか」

と泉山が言った。

「そうかね。おれはSは知らないんだ」

佐々良氏が答えると、泉山はちょっと尻込みする風であったが、意を決したようにSの前に進み出ると、

「Sさん、暫く。日本人はまだ、城内に入れませんか」

とたずねた。

「いいえ。大丈夫と思います。中国人、こわくありませんよ。こわいのは露兵です。その

点、中国人日本人、全く同じです。でも、何でしたらぼく、ご案内しましょうか」

と、Sが言った。

二人はSの案内で、城内五馬路《ウーマロ》の交差点までつれて行かれて、Sとは別れた。

ところが、雑踏でごった返している五馬路の露店をひやかしているうち、二人の呑助は、この城内では、白酒の値段が、城外の値段の半額であるのに気づいた。

外《そと》で一升六十円もしている白酒が、ここでは一升二十八九円しかしていないのである。

虎穴に入らずんば虎児を得ず、大穴をさぐりあてた呑助の二人は、欣喜雀躍、さっそく、この白酒を、おのおの八斗ずつ仕入れて、めいめいの家まで運搬させることにしたのである。

むろん、これを売りさばいて、大儲けしようというのが魂胆であった。そして事実、最初のうちは大儲けをしたのであったが、そのうち商売敵がジャンジャン殖えて、しまいには現金ほしさに、元値を割ってまで、投げ売りしなければならなくなったのである。

以上が、佐々良氏の敗戦後三四ヵ月の経済小史であったが、最初の頃、氏が大儲けしていた頃、同じ宿舎にいた朝鮮人の銀など、ビール瓶をぶら下げて白酒を買いに来て、

「あなた、ショウバイに失敗する」

と、自信ある口ぶりで予言したものであった。

「何故?」と氏が反問すると、

「だって、ビール瓶に一杯と言っても、こんなに栓もできないほど入れるのは、邪道なんだ。ここのここまで入れて知らん顔をしておくのがショウバイの常識なんだ。わかるかね」

言われてみれば、なるほど分らないことはなかったが、せっかく坐っていても買いに来てくれるお客さんに、酒を八分目入れて、ハイ一杯という芸当は、やれなかったのである。そして銀の予言は、まんまと的中してしまったのである。

二度目に目をさました佐々良氏は、寝床の中で過去をふりかえり、言って見るなら銀の訓言を小馬鹿にしていた自分の前非を悔いたりしていると、その時また、こつこつとドアをノックするものがあった。

「誰かね」と佐々良氏がどなると、

「ぼく、銀、銀だ」

と、当の銀の声が、外からきこえた。

「ああ、銀君か。あくよ。どーんと押してくれ」

返事をすると、どーんと扉があいて、長身の銀がぜいたく煙草の「前門《チエンメン》」なんか口にくわえて入って来た。

「まだ寝ていたの？　驚くなあ。もう一時頃だぜ」

と銀が言った。

「そうかなあ。今日は正月だから、寝床の中でゆっくり、一年の計をたてていたんだ」

と佐々良氏は床の上に起きあがった。

「何か、いい案、立ったかね」

「いや、それが立たんのだ」

「立つのはあればかりか」

「いやあ、あれも立たん。昔から朝まらの立たん男に銭を貸すな、という諺があるが、うまいことを言ったもんだなあ。それというのも、進化論の言い草ではないが、とかく使わんものは退化するのが原理だが、今年は一つ、新しい嫁さんをもらって、自力更生しなくちゃと、考えていたところなんだ。しかしこれだって、先立つものは、銭だからなあ」

と、佐々良氏はつい語るに落ちて弱音をはくと、

「どうかね、それだったらあなた、ボロ屋をやってみないか」

と銀が、火鉢がわりにスイッチを入れた電熱器のはしに煙草の灰をはたきながら誘いかけた。

「うん。それはやってもいいけど」

佐々良氏があまり乗気でない返事をすると、

「でも、あなたは顔が広いから、こっちに知り合いが沢山あるだろう。そこへ行って、帯でも着物でもオーバーでも何でもかまわないから、出してもらうんだね。そしたらその品

物をぼくが、相当あなたの収入になるようにさばいてやるよ。まだまだ日本の家庭には、かなり相当数の衣類がのこっている筈なんだ」

「そうかなあ。わしは日が浅いからそんなに知り合いってないけれど、考えておこう」

「それから、実は相談があるんだ」と銀が言った。

「ほう?」と佐々良氏が頬骨の高い銀の顔をみると、

「というのはだね。あなたのこの部屋をちょっと、貸して貰いたいことがあるんだ」と銀が言った。

「ほう! 貸すって、つまり、どんな?」

「いや、それが、はっきり言えば、ここでバクチをやらせて貰いたいんだ。時間はだいたい晩の七時頃から一時頃までだ。その間、あなたはこの隅の方にでも寝ころんでもらっていてさしつかえないんだ。そのかわり、勿論、お礼のテラ銭はぼくが責任をもって、置いて行くようにするよ」

話がわかってしまえば、何も警戒すべきことは一つもなかった。今までは、バクチ仲間が廻り番で、おのおのの家庭でやっていたのであるが、だんだんどの家でも女房連中がヒステリーを起しかけてきたので、リアリストの銀が妙計を案じて佐々良氏の個室に目をつけ、氏を口説きに来たのに過ぎなかった。

佐々良氏が、にやりにやりして首を縦に振ったのは勿論である。おかげで氏は、東京の一晩に何百万円もかせぐ愚連隊の大親分には、匹敵すべくもないが、しかしその後約一と月ばかりは、バクチのテラ銭で生活することができたのであるから、それはやはり大したものであったのである。

四

その間《かん》、あれはたしか正月の十五日であったと記憶するが、その晩は、何の都合であったか、バクチのお開帳はお休みであった。何となく物足りぬ気分で、佐々良氏が、むろんテラ銭で買った白酒をのんでいると、まるで突然のように、石炭拾いのタマエがドアをノックもしないで入って来た。見るとタマエは、家出娘のように風呂敷包みを一つ抱えているのであった。

「じいちゃん、今晩、泊めて」

タマエは半坪の土間に立って、息せき切って言った。

佐々良氏は、ちょっと、呆気にとられて、

「どうしたんだい？」

と、声をかけると、タマエは座敷にかけあがり、佐々良氏が坐っている胡座《あぐら》の膝めがけて崩折れ、いきなりわんわん子供のように泣きはじめたのである。

「どしたん？　泣くばかりじゃ、訳がわからないじゃないか。……ポンポンでも痛むのかい。ええ？　それともオツムが痛むのかい」

佐々良氏が右手に杯をもったまま、左手で背中をさすってやりながらきくと、

「違うよ。ふ、ふ、ふ」

と、タマエは泣き笑いをしながら、膝の上で身をもがいた。

それから身をもがきながら、彼女が話すところによると、彼女は同宿の相沢キクと喧嘩をして、家出ならぬ部屋出をして来たと言うに過ぎなかった。

雑居の半後家たちは毎日、レクリエーションがわりに、喧嘩はやっているのだ。べつだん珍とするケースではなかったが、今日の喧嘩はしかし、きいてみるとタマエがキクの頭をぶん撲ったのに、いささか難点があるようであった。

喧嘩の原因は、盗みもしないあぶらげをキクは盗んだと言い張り、タマエに買って戻せとしつこく強請したので、あぶらげ一枚くらい買ってやっても惜しくはないけれども、買って返せば盗んだショウコになるから、ぐらぐらッとヒステリーが起きて、キクの頭をぶん撲ってやったと言うのであった。

事の次第は、一方的陳述だけで、にわかに即断することは出来なかった。けれども、どちらかと言うと、タマエの方をヒイキにしている佐々良氏は、タマエの言い分がだいたいに於て間違いないように思えた。

ヒイキは棚に上げて考えても、キクはもうぼつぼつ白髪が出かかった年齢も手伝って、意地がわるいのである。

あれは敗戦直後、ソ連兵の鳴らす鉄砲の音がパンパンきこえている夜であったが、半後家たちは恐怖しのぎに、とある一室に集って、エロ話に花をさかせたことがあった。話がたまたまめいめいの亭主が出征した日の前夜の感銘に及ぶと、

「わしは途中でやめたよ」

と、キクは言ったものである。

みんなは嘘だ嘘だと反撃した。が、キクの説明によると、行為の途中で亭主が何か気に入らぬことを言ったので、キクは亭主を腹から振り落してしまったのだそうである。それっきり亭主は、再び乗って来なかったのだそうである。ひとの閨房の機微は他人にわかるものではないが、しかし男である佐々良氏は、亭主の方に同情して、おそらくは無念の歯ぎしりをして出征して行ったであろう亭主が、気の毒でならなかったものである。

が、佐々良氏は酒がすんで、ねる時間が来た。けれどもせっかく、タマエが泊めてくれと言って来ているのに、布団は一組しかないのであった。そんなことははじめから分っていることだとは思ったが、

「タマちゃん、ではぼつぼつ寝ることにしようか。だが、布団はこれだけなんだ」

と、立って行って押入をあけて見せると、一緒に立って来た彼女が、

「うん」と、一口答えて、にこりとうなずいた。

彼女はもう泣いてなんかいなかった。わんわん泣いたことなんかすっかり忘れて、胡桃のように日に焼けた顔が、却って雨あがりのようなすがすがしさであった。

「じゃ、タマちゃん、すまんがキミ敷いてくれ。きみの好きなように」と佐々良氏が言うと、

「うん」とまた一口、彼女が答えた。

それで佐々良氏は煙草に一服火をつけて煙をくゆらしながら見ていると、彼女は一組の夜具を部屋の真ん中に敷いてから、氏の枕にならべて彼女持参の風呂敷包みをその横にポンとおいたのである。

両人とも、寝巻だなんてハイカラなものはなかった。

で、着たきり雀のまま床の中に入ろうとする段になって、だが、彼女は言うのだった。

「でも、じいちゃん、一緒にねても、手なんか出しちゃ、いやだよ」

「うん」と佐々良氏は答えた。答えてしばらく考えてから、

「じゃア、こういうことにしよう。おれが手を出さないように、キミ、このわしの両手をこう、きつくしばっておいてくれ」

佐々良氏が両手の手首を重ねて彼女の前に差し出すと、彼女はちょっと考えてから、自分のモンペの腰をくくっていた細紐をといて、氏の両手首をしばりあげたのである。

第二次大戦後、ヨーロッパ・フランスでは哲学者の間に「監禁されたる状態」という言葉がはやっているそうだが、言葉の上からすれば、丁度そのような状態に似ていた。が、電燈を消して、凡そ一時間ばかり、と言っても時計なんかないから正確なことは言えないが、ふと佐々良氏が目をさますと、氏の監禁状態はいつの間にか自然に解けほぐれているのであった。

でも、いくら解けてはいても、約束は約束だから、氏は彼女に手を出すのは控えなければならなかった。で、氏は、手のかわりに、足の親指と人差指でもって、彼女のモンペのいちばん下の部分（裾）を挾んで引っぱると、モンペはゆるゆる、一寸きざみに脱げて行ったのである。

というのも、彼女は早手廻しに、彼の手の縄縛用にモンペの紐をはずしていたからであった。が、その次が却って大変であった。なぜかと言えば、モンペの下にはいているズロースは、モンペにくらべて長さが短く、高度が高いからであった。

でも、佐々良氏は苦心の末、自分の体位をぐっと後にずらして角度をひろげることによって、やっと目的を達した。で、氏はやっと足の指先にはさんだズロースの端を引っぱろうとすると、こんどは紐がはずしてないので、紐の部分が彼女の大きなお尻の下敷になっていて、びくともしないのである。いや、無理してひっぱれば、彼女の一張羅のズロースが破れてしまいそうなのである。

でもそこはダテで取ったのではない四十男の経験に物を言わせて、ゆっくりゆっくり、気長にズロースの端をひっぱっていると、

「アア」

と、ねむっているとばかり思っていた彼女が、じれったそうなうめき声を発して、お尻を持ち上げたので、ズロースはぱっと一気にはずれて、……

「バカ、バカ。じいちゃんのバカ」

とおこったみたいなことを言いながら、彼女は佐々良氏の胸にしがみついて、しゃにむに次のことを催促してきたのである。

外は零下凡そ二十度、しばらく中絶していたソ連兵のならす鉄砲の音が、

パパン

パン、パン

と、凍りついた宿の窓ガラスを元気にふるわしてくる夜であった。

落葉

一

女子大学生栗毛節子は、十月下旬のある晩、東京駅をたって、山陰に向かった。母には、京都へ、グループと一緒に古美術の見学に行く、というのが口実であった。が、実際は死んだ初恋の男の墓参に行くのが目的であった。

八重洲口の行列に三十分ばかり並んだ。その間の長かったこと――。もしや、知った人に見られはしないか、と節子はできるだけ下を向いて顔をかくした。列車にのりこんでからも、発車までの時間の長かったこと――。もしや、母が追っかけて来て、「おや、あんた、お友達は?」と問い質しはしないかと、恐怖に胸がふるえた。

節子は、体をちぢめ、見送りで賑わうホームと反対側に目をやって、仁丹の広告の明滅するのを見ていると、

「ここ、あいていますか?」

と声をかけられた。

「はい」

節子は答えて、声をかけたM大学生のにきび面をちらりと見た。その拍子に、M大生の後には、W大学生とR大学生が立っているのが見えた。

あいている席が一つのためか、M大生は小型のボストンを席におくと、三人はどこかへ去って行った。

が、発車のベルが鳴り出すと、三人はどやどや一緒に戻って来て、

「どうぞ、こいつを、よろしく、ネ」

と、にきび面の大学生が節子におしつけるように言った。そして二人の大学生は、「ハ、ハ、ハ」と笑いながらホームにおりて行った。二人は見送りに来ていたのである。

残されたR大学生は、却ってバツが悪い工合であった。長くもない脚を重ねて組んで、彼はその上に週刊誌をひろげた。が、目は活字を追っているとは思えなかった。

品川をすぎた頃、その大学生はレインコートのポケットから、キャラメルを取り出した。そして、自分で一つ口に入れてから、

「どうぞ……いかがです」

と、前にいる五十年輩の紳士にさし出した。

煙草をすっていた白髪の紳士は、

「ぼくは、甘いものは苦手だが」と言った。

「でも折角だから一つ貰おうか」

と、本当に穢いものでもいじるような手つきで、キャラメルの粒を、一つだけぬきとった。

それから順序として、キャラメルは節子に廻る筈だった。それが学生のたくまざる計画に違いなかった。

が、計画を紳士に見破られたような気がしたのであろう、大学生は順序を変更して、キャラメルは節子には廻っては来なかった。

十時間近くも過ぎて、大阪で下車する寸前になって、

「これ、もうお読みでしょうか」

と新刊の週刊誌を二冊、大学生は節子の前にのぞけた。

「いいえ」

「じゃ、どうぞ、……」

大学生は週刊誌の上にキャラメルの箱を二つおいて、やっと目的を達したような恰好で、出て行ったのである。

節子も何となく肩の荷がおりたような気がして来た。

高校の修学旅行で、大阪までは来たことがあったが、それから先ははじめてであった。

キャラメルを頬張りながら窓の外をみていると、音に名高い宝塚付近ではまだ稲を刈った田圃は見えなかったのに、丹波篠山付近まで来ると、稲はもう半分以上刈りとられているのが、社会科の勉強でもしているようであった。それからだんだん、田圃も少なくなって、山がせまって、山の木の葉も、北にすすむにつれ、紅葉の色が濃くなるのが、鮮明であった。

二

一と月あまり前、節子は由利義之の死亡通知を、その妻なるひと、由利和子から受け取ったのである。

いや、それは正確に言えば、死亡通知ではなく、会葬御礼の印刷葉書の余白に、

(主人こと、息をひきとる前、どうかあなた様に、よろしくよろしくとのことでございました)

とペンの走り書きがしてあったのである。

「やっぱり、……」覚えていて下さったんだ、死にのぞんでも、——と思うと節子の胸は張りさけんばかりであった。それにしても由利は、いつ田舎へ帰ったのだろう、死因は何んだったんだろう、と色々に考えても、そのカンタンな走り書きから、わかる筈はなかっ

た。

しかし節子は指を折ってみると、年だけは大体推定することができた。

彼女が小学校五年生の時、その年の七月頃、それまで節子の家の二階にいた人が出たあとに、入って来たのが由利だったのである。すでに学校は休暇になっていたようで、ある日の朝の十時頃、由利はオートバイで引越して来た。

オートバイから飛びおりて、由利は節子の母に挨拶をした。その挨拶をする時、何となく恥ずかしそうな目付をして、ばさばさの髪をかきあげるしぐさが、何とも言えず印象的であった。

一瞬、節子は死んだ父を思い出した。

終戦の年の晩秋、茨城県に疎開していた母と節子を父が迎えに来た。節子は東京へ帰る話は母からきいていたが、何となく気がすすまなかった。それを母は東京の父に通信していたのに違いなかった。

帰って来た父が、

「おお、節ちゃん」

と、門のところまで出迎えに出た母にくっついていた節子に声をかけた表情に、そっくりだったのである。

「…………」

どう返事していいか分らず、節子がかたくなっていると、父はてれくさそうに、ばさばさの髪に手をつっこんで、がりがり掻いた。そのしぐさが、そっくりだったのである。

が、座敷に上って、父が、

「さあ、節ちゃん、抱っこしてあげよう」

と言った時、節子の感情はほぐれた。

とんで行って、父の膝の中に抱かれると、兵隊服の匂いと父の固有の匂いが一緒になってぷーんと鼻をついた。

「節ちゃん、あんたは、東京へ帰るのがいや?」

とやさしい声で父がきいた。

「うん」と節子は答えた。

「何故さ?」

「だって、東京にはお友達が一人もいないもの」

「お友達なんか、すぐ出来るよ。ヨシちゃんも、鉄ちゃんセイちゃん、もう間もなく疎開からかえってくるよ」

節子はそんな友達の名をかすかに覚えていた。幼な心にも早く逢いたくなったが、

「でも、お父ちゃん、東京には川がある?」

と節子は別なことを言った。

「川？　川はあるさ」父が笑い出した。

「川は隅田川という、大きいのがあるよ」

「ほんと？」

「ほんとだとも。このうちの前にあるあんな小さな川にくらべれば、二倍や三倍どころじゃない、五倍も十倍も大きいやつだよ」

「でも、そのスミダ川には、きれいな石がある？」

「さあ、そいつは、どうかなあ。……ああ、そうか。……じゃ、節ちゃん、きれいな石をこれからお父ちゃんと一緒に拾いに行こう。そしてそいつをうんとこさ持って、東京へかえろう」

　二人は連れ立って外に出た。父は節子の手をひいてくれた。

　恰度、村祭りのすんだ頃で、田圃に稲がまっ黄色になった天気のいい日だった。田圃道をあるいていると、いなごがぴょんぴょんはねて、父や節子の服にとまった。

　父は畦豆の青い葉をとって、それを左の親指と人差指の中にはさんで、右の掌で叩くと、ポンと大きな音がして、葉がはじけた。父は何回も何回もくりかえした。

　村の小川には、水は少ししかなかった。川原におりて、節子は小石をひろうと、父の洋服のポケットに入れた。右のポケットに一杯になると、左のポケットに入れた。左のポケットが一杯になると、父は戦闘帽をぬいでくれた。その戦闘帽にも一杯いれて、……それを東京に持ち帰ったのである。

が、それからわずか四月《よつき》たったばかりで、父は死んでしまったのである。死因は交通事故であった。出版社の記者だった父は、三月中旬のある晩、お友達と新宿で、バクダンというお酒をのんで、往来に出た途端、自動車にはねられて、あッという間に命をなくしてしまったのである。

その晩、節子は目をさますと、隣にねている筈の母がいないのに気づいた。節子はへんに胸さわぎがして、

「おかあちゃん」

と、呼んでみたが返事はなかった。でも隣の茶の間の襖の隙間から電燈の明りがもれているのに、何となく安心して、再びねむりに落ちていった。

が、節子は夜中にまた、もう一度目がさめた。すると、隣に母がねていたので、こんどは本当に安心してねむってしまったのである。

が、あとからわかったが、それは母ではなく、隣の小母さんが泊りに来てくれていたのであった。

あくる朝、その小母さんと母とが、玄関で話をする声がきこえたかと思うと、

「節ちゃん、節ちゃん」

と、母が節子の体をゆすった。

節子はぱっと目をあけた。すると一張羅のモンペをはいた母の姿が、目にとまった。が、母の顔は顔面神経痛のようにひきつって、昨夜は一睡もしていないミニクイ顔であった。

びっくりして、節子がちょこんと床の上におき上ると、

「節ちゃん、お父ちゃん、死んじゃったのよ。自動車にはねられて」

と、母は節子のおかっぱ頭をなでながら言った。

「お父ちゃんはね、もう帰って来ないのよ。遠い遠い所へ行ってしまったのよ」

そう言われて、節子は事の次第をおぼろげながら了解することができた。遠い遠い所へ行って、父はもう帰って来ないのだとわかると、節子の胸にはじめて、かなしみが湧いて出た。

節子は両手で目をこすりながら、声を出して泣いた。すると節子のおかっぱに顎をくっつけて、母もむせぶように泣きはじめた。

節子は母が泣くのがかなしかった。それで一段と声を張りあげて泣きじゃくると、

「泣かなくってもいいの。節ちゃん」

と母がかすれたような声で言った。

「節ちゃん、お母ちゃんとあんた、もう一度田舎のおばあちゃんの所へ行きましょう、ね」

と母はせっぱつまったように言った。

けれども、父の骨を持って茨城の田舎へ行った母と子は、再び東京に戻って来た。母は階上階下、家が焼け残ったのを幸に、茶の間一つをのこして、貸間をはじめた。そして自分では、せっせと賃仕事のミシンを踏みはじめた。

そして節子は、その四月、父が買っておいてくれたランドセルを背負って、小学校にあがったのである。

三

それから五年。

由利の引越荷物には、本がリンゴ箱に五六杯もあった。しかもその半分以上が英語の本であった。

その本が書架にぎっしりつまっている姿は、節子の胸に見知らぬ世界へ憧憬をそそった。ひとつには、父の死後、父の蔵書を一冊のこらず売り払って金にかえた、あとになっては残念な郷愁がまじるのもたしかだった。

だから節子は、由利の二階へ上って行くのが好きであった。

「由利さん、また、この宿題教えて」

節子はたびたび、こう言って二階へ上って行った。すると、由利は親切に何の宿題でも教えてくれるのである。酒も煙草ものまない由利は、勤めから帰って来ると、机に向かって、本だけよんでいるような男であった。休みの日にステッキを抱えて、散歩するのが唯一の趣味のような男であった。

「由利さんは、どこの会社に、つとめていらっしゃるの？」

と或る時、節子はませた口をきいてたずねたことがあった。

「ぼくか。ぼくは、つまらん所だよ」

と由利が、照れくさそうに頭をかいた。

「つまらん所って、どこ？　節子に教えて。誰にもしゃべらなくてよ。……やっぱり、出版社？」

と節子が持ちかけると、

「ちがうよ。ぼくは、進駐軍につとめて、極めてつまらない仕事をしているんだ」

「つまらないって、どんなお仕事？」

「根ほり葉ほり訊くなあ。いや、しかし節ちゃんは、そんな追求心があっていいよ。だから社会科の勉強だと思って教えてあげるが、ぼくは占領軍のホンヤクをしているんだよ」

「ホンヤク？」

「うん、つまりその、日本の文章を英語の文章に直すんだよ。もっと詳しく言えば、日本の新聞が毎日出るだろう。あの新聞の文章を英語に直して、アメリカ人によめるようにしてやるんだよ」

「へえ、……」と節子はしんから驚いた。

そんな芸当がほんとに、できるのであろうか。できるからやっているのに違いないが、それが何故、極めてつまらないのであろうか。

節子の由利に対する尊敬は、つのるばかりであった。

ところが、それから間もなく、節子の家の小さな庭にコスモスの花の咲いている日であったから、九月の下旬か十月の上旬であった、或る日曜日の朝、その由利をへんな女が訪ねて来た。

母が玄関で応対して、由利に声をかけると、由利は二階からおりて来て、女を二階に上げた。廊下を通る時、障子の隙間から、節子はその女を見た。背のすらりとした、はでな洋服をきて、唇を真赤に染めた女だった。

「パンパンかしら」

と節子は思った。母に確かめて見ようかと思ったが、たずねることは出来なかった。

算数の宿題を、節子はチャブ台の上にひろげた。が、問題は一向に頭にはいらず、心はいたずらに二階の気配に集中するばかりであった。あの大人しい由利が、今の今、あのパンパンに誘惑されるのではないか、と思うと、気が気ではなかった。

やっと、一時間ばかりで、女は帰って行ったが、その間のなんと長く思われたことであろう。

いれちがいに節子は算数の宿題を持って二階に上って行くと、由利は何事もなかったように、英語の本を机の上にひろげて、読んでいる所であった。窓があけひろげられて、西の空にくっきり、富士山がきれいに浮かんでいるのが見えた。

「由利さん、今きたひと、だあれ?」

と節子は訊ねた。

「ああ、あのひとはね、ぼくの職場の同僚だよ。××塾の出身でね、とてもできるひとなんだ」

「そう。では、由利さん、あのひとと結婚するの?」

節子はたたみかけて言った。

「冗談じゃない。あのひとには、もう、ちゃんと、許婚者があるんだよ」

「ほんと?」

「ほんとだとも。しかしもしもあの人がいまフリーだったとしても、ぼくはその意味においては、好きなタイプではないネ」

「そう。では由利さんは、どんなタイプの人がすき?」

「そうだなア、そうきかれたって、実物でも示して貰わねば、ちょっと口では言えないよ」

由利はこまったように、油気のない髪に指をさしこんで、がりがり掻いて、

「ああ、そうそう、あれを節ちゃんに見てもらおうか」

と、後の書架の大型の洋書の中から、二葉の見合写真をとり出して、

「田舎の母がねえ、もうお前もすぐ三十になるから、早く身をかためてくれって、送って来てるんだ。ちょっと見てくれ。もし節ちゃんがぼくだったら、どっちを選ぶかね」

言われて節子は、その写真を手にとって、机の上にひろげた。ひろげて気がついたが、その写真は同じ型の同じ大きさで、同じ写真屋が撮ったものだった。

景物にあしらってある蘇鉄の鉢までが、同じだったのである。

パーマをかけ、訪問着を着て、椅子に腰かけている丸型のすました顔が、姉妹ではないかと思われるほど、似ていたのである。

「どっちがいい?」由利が返事をせかした。

「節子、わかんないわ。由利さんは、どっちが好きなの?」

「…………」

由利はだまってかぶりをふった。

それから、もうこの上、こんな大切な見合写真を、長時間、無関係者の目の前にさらしておくのは忍びないかのように、もとの洋書のなかにしまった。

しかし結果として、この日節子は、恋ガタキを三人も、一時に向うに廻したようなものであった。尤も、それがほんとの恋であったかどうか厳密にいえば疑問かも知れないが、節子は由利を今の今、そんな三人の女のどの女にも取られたくなかった。

せめてもう一年でも二年でも、由利を自分のそばから離したくなかった。

そんな気持が猛然と、体の中にわいたのである。

ことに、おとなしい丸ぽちゃな顔をした見合写真の女よりも、口紅を真赤に塗ったれいの背の高い女には、敵意をさえ抱いた。たとえ許婚者があろうが、しゃにむに由利にかぶりついて、食ってしまいそうな、危険性があるように思われてならなかったのである。

四

節子が小学二年生の時、雪ちゃんという友達があった。一学期の春の遠足もすんでから転校して来て、一学期の末にはもういなくなった子だったが……。

その雪ちゃんが転校してきた時、雪ちゃんは、偶然節子の隣の空席に坐ることになったのである。

雪ちゃんを一目見たとき、節子はこの子はどこかで見たことがあるように思われてならなかった。

算数の時間、先生の目をしのんで、節子は雪ちゃんの顔を何度も盗み見た。すると雪ちゃんも節子の視線を感じて、その度に、白い頰ッぺたを桜色にそめて、俯くのであった。が、どうしても節子は思い出せなかった。節子の小さな頭はなやんだが、夜になって、寝床の中に入ってから、やっと謎がとけた。

と言うのは、思い出せない筈で、雪ちゃんは節子が大事にして、ボール箱の中にしまっているセルロイド人形に似ていたからであった。

あくる日の朝、学校に行く時、節子はその人形をランドセルの中にいれた。当時は物資不足の時代で、セルロイド人形と雖も、貴重品であったが、節子はそれをいさぎよく雪ちゃんにプレゼントしようと決心したのである。そして仲よしになって貰おうと思ったのである。

一時間目、これから勉強が始まろうとする時、

「あんた、これ、あげる」

と節子は言った。言うと同時に、人形を誰にもわからないような素早さで、雪ちゃんの膝の上においた。

すると雪ちゃんも、節子と同じような素早さで、人形をランドセルの中にしまった。しまう時、何か言ったようであったが、言葉はききとれなかった。

何となくぎごちない思いで一日の勉強が終って、みんなでどやどや、下駄箱の所まで出

た時であった。

「あんた、これから私の家に行かない？　今日、私のママいないのよ」

と、雪ちゃんが、その小さな体を背のびするようにして、節子にささやいた。

やっとのこと友達になれたうれしさに、節子は雪ちゃんの家について行った。が節子がぼんやり考えていた予想は外れた。雪ちゃんの家は一軒家ではなく、駅から近い横町の、布団屋の二階に間借りしているのであった。

　裏口から入ってハシゴ段をあがると、白粉と香水の匂いがごっちゃになって、先ず節子の鼻をついた。畳の上に絨毯を敷いて、その上にビロードの横長いソファがおいてあった。

「ここにお掛け」

　と雪ちゃんが言った。で節子は腰をかけたが、足が絨毯にとどかないのが、何となく不安定だった。

　小さなお客をもてなすべく、雪ちゃんは隣の室に入って、銀紙にくるんだチョコレートやビスケットを持って来て、節子の掌にのせた。めったなことに、節子の家などで、口に入るものではなかった。

　二人はソファにならんで、足をぶらぶらさせながら、お菓子を食べ終ると、雪ちゃんは小さなお客をもてなすべく、また隣の室に行って、一枚の写真をもって来た。

「これが、私のママよ」

と雪ちゃんが言った。

節子がのぞくと、それは胸の部分が隙間だらけの、お乳をまるだしにした白い服を着た女の写真であった。

「お父さんのは?」

と節子が言った。

「お父さん? お父さんなんか、いないわよ。きっと死んだんでしょう。でも、私がお父さんのことをママにきくと、ママとってもおこるのよ」

「…………」

「それからね、私のママ、お酒のむと、もっと恐いのよ。夜おそくお酒をのんで戻って来て、私をおこして打つのよ。お前なんか、いらない子だから死んでしまえッて、打つのよ。……ねえ、このママ、悪いママでしょ」

そう言って長いまつげをぬらした雪ちゃんも、いまでは何処にどうしているのかわからなかった。

が、節子はいまは、あの時写真でみた雪ちゃんのママのみだらな姿が何となく、由利を訪ねて来た赤い唇の女と、同じように思われてならなかったのである。

五

暫く経って、ある土曜日、（土曜日は由利の勤めは休みであった）節子は学校からかえり、家から約三百メートルはなれた所で、ぱったり由利に出会った。由利は洋服に下駄をはいて、ステッキを抱え、これから散歩に出かけるところであった。

「由利さん、おサンポ？　どこへ行くの？」

と、節子ははしゃいで声をかけた。

「どこって、サンポには、目的地はないね、……」

と由利はステッキの先で土を叩いた。

「節子もつれてって」節子はあまえた。

「ああ、それは拒否せんが、その山のような荷物を持ってかい？」

「ううん、これはすぐ置いてくる。ここで待っててね。ウソ言っちゃいやよ」

節子は長い臑で駆け出した。運動会で一等をとったばかりだったから、足には自信があった。

それでもやっぱり、咽喉をヒーヒー鳴らせながら戻ってくると、ポカンと口をあけてそこの空地の柿の古木を仰向いて見ている由利の左手に、勢いよくターンをこころみた。

「パチーン」

と大きな音がした。節子は駆けっこの早さをほめてもらいたいような気持であったが、由利はそんな彼女の気持には頓着なく、

「今年も、ヒタキが来たよ。そら、あすこの枯枝の先で尻尾を振っているだろう。どうしてあの鳥は、あんなにひとりが好きなんかなあ、いつだってひとりだよ」

とひとり言のように言った。

しかし節子は、そんなひとりぼっちの小鳥なんか興味はなかった。

「行きましょう」

ターンした手で、由利の手をつかんで、ぐいぐい、引張るように歩き出した。

「お母さんに言って来た？」

「ううん、そんなヒマ、なかったわよ。だって由利さんが逃げはしないかと、心配でたまらなかったもの」

節子は手をひっぱり、ひっぱり歩いた。

すると間もなく、瀬戸物屋の角のポストの所を曲った時、向うから学校カバンを女子大生みたいに気どった提げ方をして歩いてくる、学級副委員長の川見喜代子の姿が見えた。

すれちがう前、

「栗毛さん、どこへ行くの？」

と、喜代子が声をかけた。

「ううん、ちょっと散歩よ」

と節子は気どって答えた。散歩に目的地はないのである。

「散歩？　すごいわね。カント先生みたい」

喜代子は大げさに目をまるくしてみせた。

ほめられたのか、けなされたのか、わからなかった。カント先生というのは、喜代子の家の近所にあるキリスト教会の牧師のことであろうかと思った。

ところが少し歩いた時、節子は自分の手が由利の手から離れているのに気づいた。

さっき、喜代子の姿を見た時、本能的に離したものらしかった。離したものはつなげば元に戻るわけだが、由利はサザエの貝みたいに、手を上衣のポケットの中にしまい込んでしまっているのであった。

「ねえ、由利さん」

節子は由利の体に自分の体をこすりつけるようにして言った。

「何だい？」

節子は、若い恋人同士がよくしているように、由利の腕を通したくなった。それには、今、もって来いの姿勢だった。が、どういうものかできなかった。

「ねえ、由利さん、いまの子、とっても悪い子なのよ」

と節子は言った。

「なんで？」

「だってさ、この前の学級副委員長の選挙の時、頭の悪い男の子を買収した形跡があるのよ。だから当然なるべき筈だった西村千代子さんが落っこっちゃったのよ。かわいそうじゃないの」

「委員長は男の子かい」

「そう。委員長は男子で、副委員長が男子一名女子一名、合計二名なのよ」

「そういう風に、初めから割当がきまっているの？」

「ううん、割当はきまっていないけれど、自然にそうなるのよ。面白いでしょ」

しゃべっていると、節子はおしゃべりがたのしかった。手を握ることができない埋め合せに、節子は話題をさがしては、しゃべりつづけた。だから一寸話が跡絶えたり、由利の返事がおくれたりすると、彼女はいらいらして、また別の話題をさがした。

二人は水道道路に出て、前進座を前によぎり、井之頭公園にはいって行った。公園の落葉樹はすでに落葉を終っているものもあり、今が紅葉のまっさかりなのもあった。池のほとりの水際におちている欅の葉の紅葉の色は、とりわけ可憐であった。白ズックの靴で落葉をふんで、池の周囲を半周して、二人は松林に来た。そこは池の一ばんの先端にあたる場所で、ここまでくると人影はなかった。松の下葉が紅葉して、その落葉が、松林の中にある木のベンチの上に、たまっているのが見えた。

「ちょっと、ここで一服しようか」

由利はそのベンチの上に腰をおろした。その腰のおろしかたは、さっき散歩に目的地はないと言ったけれど、いつもここまで来ては、このベンチで一服しているのではないかと想像された。

と、思った時、それを裏書きするかのように、

「節ちゃん、これを池に投げてごらん、鯉がやってくるから」

と、由利は洋服のポケットから、紙の包みをとり出して、節子にわたした。

あけてみると、紙の袋の中には、今日は進駐軍は休みであるから、おそらく昨日由利がお昼の弁当にたべたに違いない、と思われるパンの屑が、カラカラになってはいっているのであった。

「いいの？　これ、全部やっても？」

節子ははずんだ声で念をおし、由利が頷くのをまって、水際まで飛んで行った。そしてパン屑を一つつまんで池に投げると、鯉が七八尾一時《いっとき》に出て来た。赤いのや、斑なのや、華やかな色彩が、ぱっとお花畑のように水面に浮かんだ。

節子はおもしろがって、二つ、三つ、四つと、一つずつ間隔をおいて投げつづけていたが、最後の一つを投げた時、

「あッ！」

と小さな叫び声をあげた。投げた瞬間、彼女はパン屑のかけらの一部に、明らかに女の口紅に違いないものがついているのを見つけたからであった。

「バカ、バカ、バカ、バカ」

と節子は心の中で叫んだ。せっかくのたのしいサンポに、今日は忘れていたれいの赤い唇の女が、彼女の胸いっぱいを占領してしまったのである。

何分間かわからないが、節子はたけりくるう嫉妬に、紙袋の紙を粉みじんに千切ったのも知らないで、鯉のいなくなった池の面に目をやったまま、じっとしていると、

「おい、節ちゃん、どうしたんだ？」

と、後から声がかかった。

「ううん、節子なんだか、さびしくなっちゃった」

と節子は返事はしたが、後はふりむかなかった。ふりむくと、その拍子に、涙が流れそうでならなかったのである。

「こっちへ、おいでよ」

と、由利の声がもう一度きこえた。

「うん、もう少ししてから行く。節子、池の水をみているのよ」

「池の水を？　……いよいよ、カント先生になったのか。では、先に行くよ。ぼくは少し

さむくなったから」

と、三度目の声がきこえると、

「ううーん。待って……」

ひっくり返るように、節子は立ち上った。

立ち上って、由利がまだベンチから腰をあげていないのを認めると、節子はベンチに向かって一目散、駆け出した。という程長い距離ではなかったが、気持が一目散、ベンチに着くと、遮二無二、由利の首っ玉にかじりつき、

「行っちゃ厭。イヤ」と声に出して叫んで、

「由利さんのイジワル、イジワル、イジワル」と三べんつづけてもがくと、今までこらえていた涙がぽたぽた流れて、由利の洋服をぬらした。

由利はじっとしていた。ものも言わないで、黙っていた。どんな顔をしているのか見えなかったが、節子は顔はあげられなかった。顔をあげたら、心の奥底まで、見すかされるように思えた。

(ホントハ、セツコ。ユリサンノ、オヨメサンニ、ナリタイノヨ。デモ、ネエ、五年生デハ……。ドウシテ、セツコハ、モウスコシ、ハヤク、ウマレテ来ナカッタノデショウ)

そう思うと、また涙がぽたぽたこぼれた。

由利はじっとしていた。ものは言わないでじっとしていた。

が何分間かすぎて、由利の体がかすかに動いた。どうやら、それは、ズボンのポケットに突っ込んでいた手を、引き出しているように思えた。

その手が節子のおかっぱにかかると、

「おバカちゃんのネンネちゃんみたいだね、節子は。……節子のおバカちゃん。さ。しかしもうかえろう。日がくれるぜ」

と、由利が耳元で囁くように言った。

節子はその囁きが、うれしかった。で、ぽいと顔をあげるとその拍子に、節子の唇は由利の唇に接した。

思わず自然に瞼をとじると、由利の手は彼女の赤いセーターの背中に廻って、ぎゅっと胸がつぶれるような、夢のような何秒間かが、あたりの松林の中に流れて行ったのである。

だが、そんな幸福も、長くはつづかなかったのである。そのあくる日のそのあくる日、節子は学校からかえって、玄関で何時ものように母に声をかけると、母は返事もしなかった。

廊下にあがって、母のミシンを踏んでいる傍に行き、

「お母さん只今」

と節子はもう一度大きな声をかけてみた。が、母は返事をしなかった。

さわらぬ神にたたりなし、節子はもう一度廊下に出て、二階にあがった。由利はまだかえっていないにきまっていたから、節子は雪をかぶった富士山でも見ようと思ったのであった。が、二階の廊下にあがった時、節子はあけ放った由利の部屋が、ガラあきになっているのに気づいた。本棚もなければ、机もなかった。開けたままになっている押入には、行李もなければ、トランクも布団もなかった。

この世の中がひっくりかえったような気持で、節子は階段をかけおり、

「お母さん、由利さんどうしたの？　お部屋、ガラあきだわ」

と真顔になって尋ねた。

「うるさいね。女の子は、もっと静かに、歩きなさい」

と母がはじめて物を言った。

「でもお母さん、由利さんのお荷物、何にもないわよ。泥棒が入ったのなら、早く交番に届けなくちゃならないでしょ」

ともう一度真顔で言うと、

「泥棒なんか、入らないよ。由利さん、引越したんだよ」

「まあ、どこへ？」

「どこか知らないよ、ちぇッ！　この子、今日はうるさいねえ」

母はとりつく島もなかったのである。

そして節子は、どうして母があんなに、あの時、必要以上にぷんぷんしていたのか、七年すぎた今日でも、分らないのである。

六

山陰線の小駅におりて、節子はバスにのった。そのへんは山また山のような所で、幾つかの峠を越えて、バスが終点の町に着いたのは午後二時頃であった。

節子は終点近くの小さな花屋に行って菊の花を買った。菊は白と黄をまぜて貰って、

「あの、ちょっとおたずねしますが、由利義之さんっていうお家、どの辺でしょうか」

ときくと、

「由利義之さんちゅうたら、ああ、そうじゃ、あの高校の先生をしとりんさった人でしょう。あの先生のお家はなあ、そこの煙草屋の角を左に曲って、山内写真館ちゅうのにつき当って、それから右へ坂をのぼって、十一軒目の家ですらあ」

と花屋の亭主が教えてくれた。

教えられた通り歩いて、山内写真館の緑色のカンバンが屋根に見えだした時、節子は胸さわぎを覚えた。かつて由利が、どちらがいいかと見せてくれた見合写真の台紙で見た商号が、たしかにこの写真館であったからである。

蘇鉄の鉢植を景物にして写っていた若い婦人の像が、節子の胸によみがえった。あの二人の婦人のうちどちらかが、これから訪ねて行く家の中に坐っているのであろうか。

小さな町とは言え、そのあたりからは住宅地になっていて、その坂道に沿って走っている幅一メートルにも足りない清流が、節子の気分を少しおちつかせた。

節子は清流にかかった御影石の橋をわたった。戸のない門をくぐると、小ぢんまりした庭があって、ざくろの古木にぶらさがったざくろの実が、赤い口をひろげているのが印象的であった。敷石をふんで、玄関まで進むと、玄関の柱の雨にさらされた門札に、「由利義之」の名前がはっきり読みとれた。

「ごめん下さいませ」

節子は静かな調子で声をかけると、声がふるえた。洋服の襟をただし、スカートの皺をのばしてみたが、返事はなかった。

ふいに、節子はこの場から逃げ出してしまいたい衝動にかられた。何かしら恐ろしくて恐ろしくて仕様のないようなものが全身に流れた。が、その時、

「ハーイ」

と、明るい女の声が奥の方からきこえた。

家の中に廊下のような土間があるらしく、そこを歩いてくる下駄の音がきこえた。節子は思わず後ずさりして、両足をそろえて待ちかまえると、

「ガラッ」

と、玄関のガラス戸があいて、ウールの茶羽織を着た痩せ形の一人の婦人が顔をのぞけた。年のころは三十くらい、顔は色白の細面で、口のあたりが何となく由利の口元を彷彿とさせる婦人であった。

「あの、わたくし、先日奥さんから、おはがきを頂きました東京の栗毛節子というものでございます。こんど学校のグループで、山陰地方に旅行に来たものですから、おついでと言っては何ですが、ちょっと由利先生のお墓に参らせて頂きたいと思いまして、お伺いしました」

と、朗読調で一気に来意をつげると、

「まあ……」と婦人は一口言って目を見張って、口もとをひくひくさせ、

「では、あなたがあの……カントさんですか」

と感に堪えたように訊いた。

「はい」

「それはまあまあ、ご遠方のところをようこそ。どうぞお上り下さいまし。主人がどんなによろこぶことでしょう。さあどうぞ、どうぞ」

「いいえ、あの、失礼ですけれど、お友達が駅で待っていてくれているものですから、次のバスですぐ引きかえさねばなりませんので、さっそくですけれど、お墓の方へご案内し

て頂きたいのですけれど」

「そうでございますか」

婦人は真偽をたしかめるように節子の顔を見つめた。

「はい。申訳ありません。小学生の時、勉強や宿題を見て頂いて、わたくし随分、由利先生にかわいがって頂いたもんですから」

「そうですってねえ。わたし、あなたのお噂は何べんきかされたかわかりませんのよ。赤いジャケツのカントさん、青い瞳のカントさんだなんて、思い出の童謡でも歌うように、恋しがっていたんでございますよ。……お母さんはお元気ですか」

「はい、母も苦労しましたけれど、お陰様でこの頃やっと、表通りにお店を持つようになりました」

「それは結構でございますわ。じゃ、ちょっと、お待ちになって下さい。今、すぐ、水を汲んで参りますから……」

婦人は下駄の音をからころいわせて、もう一度奥にひっ込んで行った。

節子は汗だくだくだった。初対面の瞬間、夫人があの見合写真の中の女性でもなく、ましてやあの口紅の紅い女性ではないのに、彼女は何より安堵の胸をなでおろしたのであるが、あまりに安堵しすぎて、そのあとどんな話をしたのか、はっきり思い出せなかった。

しかし夫人は節子のことをカントさんだなんて、自分の小学生の時のニック・ネームまで知っているところをみれば、由利は男だから、あのこ〻とまで一切合切、面白半分に奥さんにしゃべってしまっているのであろうか。

新しい不安に固くなって、節子は赤いざくろの実を見ていると、間もなく夫人が檜の手桶に水をくんで出て来た。

「あの、わたくしが、持たせて頂きます」

と、節子が手桶をとろうとすると、

「いいえ、結構です。すぐそこですから」

と、夫人は節子の手を制した。

節子はちょっと、ぎょっとした。お前なんかの出る幕ではない、と言われたような気がしたが、それは思い過しというものであった。

すぐそこだと言っても、由利の墓は、道のりにして四五町でも、坂が急だったのである。ぬるでの真っ盛りの枝の下をくぐったり、野茨の刺をまたいだり、山の小道を二人は手桶を持合ったり提げ合ったりして、やっと墓地についた時、夫人の額には玉のような汗がながれ、頰が紅潮しているのを節子はみた。きっと由利のすきなタイプで美しいけれど、どことなく腺病質の匂いがただよっているように思われた。

「どうも相すみませんでした。……これです。……まだ仮りのもんですけれど」

と、夫人はあえぎあえぎ言った。

夫人の言ったとおり、由利の墓は、松山の中腹の懐のような場所に先祖の墓が十四五基ならんだ中に、まだ墓碑はなく、白い長い卒塔婆が立った前に、丸い扁平石をおいた簡略なものであった。

節子はその前にしつらえた竹の花筒に、花屋で買って来た菊の花をそえた。線香をたいて、両手を合わせ、手桶の水をかけて、扁平石を洗った。

けれども、不思議なことに、この場にのぞんで、由利の死が深い悲哀をともなって胸に迫ってくるではなかった。

それよりも節子は、この美しい夫人と由利が、いつどこで知り合って、どんな結婚をしたのかが知りたかった。自分の家を出てからの後の、全く自分にとっては暗闇の、彼の七年間の歴史が知りたかった。いま自分が此処までやって来て、はじめて知ったことと言えば、花屋の亭主が問わず語りに言った〝高校の先生をしとりんさった人でしょう〟という一語にすぎなかったのである。

きいてみたいことは一杯あるが、しかし根ほり葉ほりきけば、それと引き換えに公園のベンチでしたあのことまでがたちまちばれてしまうような気がして、恐ろしいのである。

帰途、松林を出た時、三方を山にかこまれたこの小さな町の全容が見えて来た。戸数は千軒あるかなしかの黒い屋根々々が、かたまり合うように一条の川を中にはさんでうずくまっているのであった。

「あそこの右のはしに黄色い屋根が見えますね。あれは由利がつとめておりました高校です」

と、夫人が旅人をねぎらうように言った。

「はあ、そうでございますか。生徒さんは何人位でしょう」

「生徒は一学年五十人ずつ二組ですから、ざっと三百人位です。それでも県立なんでございますよ」

「ああ、そうですか。このへん、これから冬になると、雪はつもりますでしょうか」

「はあ、それはもう。二三尺くらいは積って、これから三月まではすっかり冬ごもりでございますよ。それからあの川の向うの山の麓に、赤い屋根が見えますね。あれが町立病院です。由利はずっとあそこに入っておりまして、あそこでなくなりました」

「まあ、そうでございますか。わたくし、急いでいてお尋ねもしないでおりましたが、ご病気は何でございましたの？」

「それがねえ、あなた、あの川の川上に、ここから一里半くらいの所に、九畑という村がありまして、そこの生徒さんの病気見舞に行きまして、その帰りに、自転車が材木をつんだトラックに引っかけられたんでございますよ。その時は大したこともなく、自転車にのって帰りましたんですけれど、やはり胸をしたたか打撲しておりまして、それが元で入院するようになりまして……」

しずかに語る夫人の声はうるんで来た。

節子は父のことが思い出された。どこか目に見えないような所で糸をひいている運命の悪戯に、思わず節子も涙がこぼれそうになったが、彼女は危くこらえた。

しかしバスにのってから、バスが川をわたって、自分がわずか一時間何分かだけ滞在した町の姿が見えなくなると、節子の涙はセキを切って流れた。乗客がまばらなのを幸に、後部の一隅に顔をふせ、節子は思いきり泣いた。泣きながら節子は、夫人の茶羽織の下にふくらんでいたおなかを脳裡にうかべた。経験のない彼女にも、それはたしかに、四月《よつき》か五月《いつつき》に受けとれたのである。そのふくらみを脳裡に描くと、今は、それだけが、何か、一種の希望のようにもおもわれて、節子はバスにゆられた。

回転窓

一

数年前、私は或る大学で仏文学を専攻しているA教授に尋ねたことがある。

「Aさん、ズロースというのは何語ですか。フランス語ではないのでしょうか」

しかしA教授は一言、知らんと答えた。

それからしばらくたって、私は別の大学でギリシャ哲学を講じているB教授に尋ねてみた。

「先生、きくは一時の恥、きかぬは一生の恥といいますから、ぼくは敢えて恥をしのんできいてみたいのですが」と言いかけると、

「なんだ。前置きが長いね。早く肝心なことを言わんか」

とせきたてられた。

「はあ、その、ズロースのことですが」

「そのズロースがどうしたんだ」

「いや、どうしたというんでなく、その語原なんですが、いったいズロースの起原はギリシャあたりにあるのではないでしょうか」

と、しどろもどろになると、

「ばかを言うな。ギリシャは裸体の国だぜ。裸体の国にズロースは発生しないね」と結論のようなものをくだされてしまった。

どうもうまくごまかされたような節《ふし》がないでもなかった。なぜなら、先生は彫刻となまみの人体をごっちゃにされているんではないかと、疑われたからである。

ところがそれから又しばらくたって、前の仏文学のA教授から、私はまるで突然みたいに、速達郵便ハガキをうけとった。

なにごとかと思ってハガキの裏をかえしてみると、
ズロースは英、drawer
とだけ書いてあった。ほかに感想や説明はなにひとつ書きそえてない、年賀状よりももっと簡単なものであった。

私はさっそく手元にある井上英和中辞典というのを書架からとって、ほこりを払うのももどかしくそこの所をひいてみると、この字引にもちゃんとこの単語はのっているのである。

drawer　ドローアーと、かなまでふってあるのである。

ドローアー。一、引く人。二、誘い手。三、誘い。四、手形振出人。五、製図者。六、汲み手。七、抽斗《ひきだし》。八（複）、股引、下ズボン。と出ているのである。

八のドローアースがズロースに訛ったのであるから、私なんかではむろんのこと、ちょっとやそこらの大学教授でも、ツーといえばカーという風に分らないのは、当り前のようなものであった。

私は何べんも字引をよみかえした。引く人、誘い手、誘い、手形振出人、製図者、汲み手、抽斗、――それにしてもこんなにいろいろ意味のある単語にSをつけると、どうしてズロースということになるのだろう。手形振出人や製図人がズロースに早変りするなんて、縦から考えても横から考えても、合点のいかないことだった。

が、その時、

「ひょっとしたら、この抽斗かな」

私の胸にヒントのようなものがうかんだ。

抽斗は大事な物をしまっておく、クラのようなものである。一千万円記入の小切手を入れておこうが、五千万もするダイヤモンドをしまっておこうが、そこは個人の勝手である。

しかしこれらは要するに鉱物であって、人間そのものには、もっと人間的に血のかよった、もっともっと大事なものがあるのはどなたもとっくに御承知のことであるが、その大事なものをムシが喰わないように大事にしまっておく抽斗が、ズロースであるのかも知れなかった。

「それに違いない。ズロースはつまり、人間のあれの、抽斗なんだ」と思うと、私はことの次第を了解することができた。

こんな時にはえてして胸がどきどきしてくるもので、私は字引を手に握ったまま、家内のいる四畳半にとんで行った。

「おい、判ったよ。判ったよ」

と言いながら、襖をあけて中に入ると、家内は縁側近く鏡台を取り出して、白髪をぬいているところであったが、「何ですか」と気のない返事をして、私の胸のどきどきには気がつかない様子であった。

私はちょっと拍子ぬけがした恰好で、家内が平家蟹のように顔をしかめて、毛抜で白髪をぬくのを見ていた。彼女は以前は一本一円の割で子供にぬかしていたものであるが、近頃ではもうそんなことをしていては、財布の方がたまらなくなって来たもののようであった。一本一円が二本一円になり、二本一円が三本一円になり、だんだん彼女の髪の相場は下落してきたので、子供にも相手にして貰えないもののようであった。

「なんですか。何がわかったんですか」

鏡のなかにうつっている私の顔を横目で睨むようにして家内が言った。

「いや、大したことではないんだがね。ズロースのことなんだ」

と不承々々みたいに私が言うと、

「ズロースがどうしたんです」

「いや、そのズロースがこの字引に出ているんだが、それはそれとして、お前がそのズロースなるものを初めてはいたのはいくつの時だった？」

「まあいやらしい。あなたはこの間も一度、おききになったじゃないの」

「うん、そう言えば一度きいたことがあるような気がするが、実は忘れてしまったんだ」

「お年、ねえ」

「それは仕様がないよ。もう一ぺん教えてくれ。そう勿体ぶるほどのことでもないじゃないか」

「勿体ぶるわけじゃないけれど、そんなことをきいて、何になさるの」

「それは学問に必要なんだ。たとえば日本の女学生がはじめて袴を着用したのがいつだったか、お前は知っているかい。明治七年なんだよ。明治七年、東京竹橋にできた女学校の生徒が生徒大会をひらいて、満場一致議決したんだそうで、学校がわは見て見ぬ振りをしたんだそうだ。それまでは帯をお太鼓にむすんで学校に通っていたんだそうだけれど」

「へええ、何だかあべこべみたいねえ。学校当局が見て見ぬ振りをするなんて」

「そこだよ、面白いのは。何しろ日本にはじめて出来た女学校だから、女のくせに書物をかかえて学校にゆくなんて、当時の青年男子の反感をそそったんだ。だもんで青年男子が女学生の反省をもとめるために、女学生の通学の途中に待ちかまえて、尻まくりをしたらしいんだ。尻まくりも一ぺんや二へんならご愛嬌というもんだが、度重なると腹が立つからなあ。女学生諸君その対抗手段として生徒大会を開いて、満場一致の決議となったらしいんだ」

「へええ、面白いわねえ。その大会の有様はどんな風だったのかしら」

「それはまだ調べてないがね。その決議をやったまではよかったが、さてその袴を縫おうとしても誰もその縫い方を知らん訳さ。仕方がないから、何とかいう子と、も一人何とかいう子が代表に選ばれて、宮中におしかけて行ったんだそうだ。何をしにッて、宮中の女官はすべて緋の袴をはくのが規則になっていたから、その袴を借りて来て、鳩首研究の結果、やっと袴のつくり方が分ったんだそうだ」

「へええ、やるもんだわねえ」

「やるもんだろう。ところで話が元にもどるが、お前がはじめてズロースをはいたのは、十六の年だったと言ったかね」

「そうです」

「十六と言えば大正何年になるんだったかなア」

「いやアねえ、そんなに縦から言ったり横から言ったりすれば、いまの年がわかるじゃないの」

「わかっても仕様がないさ。戸籍謄本をみれば一目瞭然なんだから」

「いやア、ねえ。大正十二年よ」

家内はきっぱり言ってのけて、ぬいた白髪のかたまりを、くるくる塵紙にくるみ込んだ。

今日は何本ぬいたのかわからないが、ちょっと目算用しただけでも、七、八十本、いや或いは百本はゆうに越える数かも知れなかった。その日は秋晴れの上天気で、庭に菊の花が咲いたりしていたが、それからしばらくたって、その年の年末、私は久しぶりに故郷に帰って行ったのであるが、しかしその話はあとですることにしよう。

二

大正十二年から逆算して八年前の、大正四年四月のことである。

私は小学校の六年生になったばかりであった。同級生は男の子が三十五名、女の子が二十九人の男女共学である。

田舎の山の中のことであるから、一年生の時からずっとこの員数に、変りはなかった。

そしてへんな意味でいうのではないが、この二十九人の女の子はみんなノー・ズロであったわけである。

　式でもなければ袴ははいて来ないから、縄とびなんかすると、すぐにとび出るので、長い六年間には、私たちは二十九人のクラスメートのあれを、みんな知っているようなものであった。

「見えた、見えたよ、××ちゃんのが見えた」と私たちがはやしたてると、

「まあどよウ。ドスケベエ。先生に言いつけてやるど」と××ちゃんは目をむいてみせるけれど、××ちゃんは決して先生に言いつけたりなんか、やぼな真似はしないのであった。そこがその、クラスメートのよしみというものであったのである。

　なにしろ小学生は朝早く学校に行くので、始業までの時間が長くて退屈するのでもあったが、四月何日であったか、やっと始業の太鼓がなって全校生徒四百人が運動場に整列すると、私たちの受持でもあり校長でもある板倉長三先生が、一人の女の先生を案内して教員室から出てきた。

　そして校長先生は号令台の上にあがると、

「ええ、本日ここにお見えになっとる先生は、クサノ先生という方であります。草は草木の草、野は野原の野という字を書きます。実は本校においては、裁縫の小藪先生は別として、普通の学科担任の女先生を迎えるのは本校開校以来初めてのことであるが、生徒のみ

んなにおいては、男子の先生方と同じように、先生の教えをよく守って、よく学びよく遊ぶように特に申添えておく次第である。受持は尋常科三学年を教えていただくが、他の学年のものも草野先生が本校の先生であることを決して忘れてはいけない」

　校長先生が紹介かたがた生徒に注意をあたえて号令台からおりると、草野先生がかわって静かに号令台に上った。その時、号令当番の先生のとてつもない大きな声が、

「礼」とがなりたてるように叫んだ。

　号令に応じて生徒が先生に向って礼をするのと同時に、先生もていねいなお辞儀をして、

「みなさん、わたくしが、ただいま校長先生から……」と第一声を放った時、運悪くどこからともなく春のつむじ風がふいて来て、先生のコバルト色の袴をまくりあげた。先生がまっかになって、あわてて袴の上を両手をあてておさえたのは無論のことである。

　が、その時、

「こら、高等科の北条陸五郎」と号令当番の先生がもう一度大声をはりあげて、北条陸五郎という子を叱りつけたので、陸五郎のやつどんな悪ふざけをしたのかと、私が後をふり返っているうち、先生の新任の辞はあっという間に終ってしまっていたのである。

　運動場の砂ぼこりがぱっと空にまいあがって、全校生徒は先生と一緒に、手を顔にやって目をつぶるのに一生懸命だった。

だがその晩、どういうものか、私は頭を枕につけても容易に眠ることができなかった。本校開びゃく以来はじめて赴任された女先生の容姿があまりにも鮮麗だったからである。ものは比較になるが、それまでひとりだけいた裁縫先生は、いつだって腰をまげて裁縫室のへら台の前に坐っているばかりのお婆さんで、たまに廊下など歩いている時見える足の坐りだこが黒い松瘤《こぶ》のようにふくらんで、子供心にもなぜか陰気な感じを受けないではいられなかったからである。

あの足にくらべれば、草野先生の脚の美しさは、何にたとえたらよいであろう。先生が号令台の上に立たれた時、私は先ず先生のコバルト色の袴の下にのぞいている、その二本のすんなりした脚の美しさに吸いつけられてしまったのである。腰高にはいた袴の上の胸元には、とき色の半襟がのぞいて、その半襟の胸元で結ばれている羽織の紐のきゅっとしまったそこら辺の何とも言えぬ魅力に吸いつけられてしまったのである。ひさし髪に結った頭の髪はみどり色にかがやいて、白粉をぬっていない色白の顔が新任の緊張で興奮して、きゅっと一の字に結んだ口元が何とも言えぬ新鮮な魅力であったのである。

そんな先生の姿を胸の中に画きだしていると、私は容易にねつくことができなかった。ねつけない苦しさのあまり、私は先生の胸元にすがりつきたい衝動を覚えた。胸元ばかりでなく、一層のこと先生のコバルト色の袴の中にすっぽりもぐりこんで、あのすんなりした二本の脚にはさんで貰いたい衝動を覚えた。

しかしそんな衝動は誰にもしゃべらないことにしていると、それから二三日たった或る日の昼休みの時間、弁当をくっていると、私と机をならべている陸七郎（陸五郎の弟）が、

「おい、おら、昨日、草野先生の家を見に行ったど」と、小声でささやくように言った。弁当を持ってくる子は、クラスの二十パーセントにも満たなかったから教室は閑散としていた。内証話をするのにはタイミングを得ていた。

「ほんまかい。お前、おらをだますな」

と私は小声で応じた。

「だますもんか。ほんまじゃ。おら、昨日、陸五郎兄と一緒に見に行ったんじゃ」

「でも草野先生の家は、遠い遠い所なんだろ」

「うん、そりゃ遠いさ。じゃけど、お前の家にくらべれば、ずーんと近いさ。おらの家から裏の山を越えれば、ずーんと近いさ。おらの家から裏の山を越えれば、もうすぐそこじゃもん」

「それでもお前、何か用があっていったんか。お前んとこ、先生のその村に親類でもあるんけ」

「そんなもん、ありゃせん。ただ先生の家を見に行ったんじゃがな」

「見に行ったちゅうて、家のなかにも入ってみたんか」

「ばかを言うな。なかに入ったりできるもんか。長い白い塀が家のまわりを囲んで、どこから入ってええかも分らんほど大けな家じゃったど。おい、だからこんどの日曜、おらとお前と二人きりでもう一ぺん見に行かんか」

「うん、そうだのう。行ってもええけど、もしも先生に見つかったら困るのう。その村におらの家の親類でもあればええけんどのう」

私が答えをしぶっている時、教室の窓から一羽の雀がまい込んで、がたがた、ぴしゃぴしゃ、窓ガラス戸がしまって、弁当組の生徒は女の子まで総動員で、雀とりに大童《おおわらわ》になって、この話は中絶状態におちてしまったのである。

私はあとになって後悔しないではいられなかった。せっかく、陸七郎が仲よしのよしみでもって言ってくれたことを、しんからの本心からではなく、袖にしてしまった恰好になってしまったからであった。一方、陸七郎の方でもなんとはなく私をけむたがる風がみえてきた。小学生ではあってもそこは男であるから露骨には出さんけれど、陸七郎は彼が内証で草野先生の家を見に行ったことを、私が何かの拍子でクラスメートにばらしはしないかと、心の底で心配しているのに違いなかった。

彼は私と同じようにクラスではおとなしい生徒であった。背のたけも同じ位で、私は五年生の時、彼と並ぶことになってから、急に親しさが生じた。

五年生の時、陸七郎は私にいわおこしという菓子をくれたことがあった。弁当包みのな

かから取り出して、

「お前、これ、食うてみい」と私の弁当包みの上においてくれたのであった。

「これ、なんじゃい」私がたずねると、

「大阪のいわおこしじゃ。まあ、くうてみい」

私はくってみた。いわおこしは歯にかちっと鳴って、噛むととろけるような味が舌の上に流れた。日本にこんなうまい菓子があるとは、あめ玉とごぼう菓子しか知らない私の味覚を仰天させた。

「うまい菓子じゃのう。お前、こんなうまい菓子をどうして持っとるんか」

「うちの一ばん上の兄が、大阪で巡査をしとるんじゃ。その兄が昨日もどって来て、土産にくれたんじゃ。割合にうまいじゃろう。これが大阪の名物じゃといい」

　こんなことがもとで私は彼と急にしたしくなったのであったが、その親しい仲に、なんとはなしに一抹のスキマができてしまったのである。

　そのくせ、私は陸七郎が羨ましくてたまらなかった。彼の部落は村の西のかどだが、その部落を通って、毎日草野先生が学校に通勤されているからであった。

　一と月ばかりたったある日、私は運動場の掃除当番があたった。あたったという表現はおかしいが、運動場の掃除は五年生の男子と六年生の男子が、順をきめて十二人ずつ交代でするのが、学校のきまりであった。

きまりといえば、普通教室の掃除当番は受持の先生が監督するけれど、運動場の掃除を監督するのは高等科二年の男子がするのが、これももう以前からの習慣のようであった。ところが習慣というものはおかしなもので、この監督はこと運動場掃除に関するかぎり、絶大な権力を握っていて、下級生をぴりぴりさせる存在であったのである。といっても軍隊のようになぐったり蹴ったりはしないけれど、当日の掃除当番の働きぶりをウの目タカの目、勤務評定的にカンシしていて、成績具合のわるいものは、掃除が終ったあと帰宅を許可しないで、いつまでも運動場の隅っこに佇《た》たしておくのである。寒い北風の吹く日など、なぐられたり蹴られたりするよりも、もっとつらい制裁であった。

さてその日、私たち十二人のものが、びくびくしながら運動場をせっせと掃いて、あともう少しで掃除が終りになろうとする時であった。まるで突然のように、

「当番、集合」

の大号令がかかった。何ごとかと思って十二人の生徒が四人の監督が屯《たむろ》している鉄棒の下に集まると、当日の監督主任を自任している北条陸五郎（陸七郎の兄）がにこにこしながら声をかけた。

「おい、みんなくたびれたじゃろうけん、一休みせい。そうじゃ喃、ここがええ。ここにみんな坐れ」と鉄棒の下の砂場にみんなを坐らさせ、あぐらをかかせた。

「それからじゃ、おい、誰がええかな、おお、そこの甚太郎、お前はな、ちょっとあそこ

の尋常三年生の教室でガラスをふいとる草野先生の下を歩いて来い」

と谷岡甚太郎に命じた。

それで私たちが尋常三年生の教室の方を見ると、草野先生は一生懸命、下の窓の敷居にあがって、上の回転窓のガラスをふいていられるのが見えた。尋常三年生では回転窓に手がとどかないから、先生が自ら手をくだして拭いていられるのであった。といっても先生もそんなに背は高くないから、片足が宙ぶらりんのように袴の下から外にのぞいた恰好になっているのであった。

「こら、早う、行かんか」陸五郎は戸惑いしている甚太郎をせきたてるように命じた。

するとと甚太郎は竹箒を兵隊のように肩にかついで、広い運動場をよぎって、まず一年生の教室の下まであるいた。それから一年の教室の軒下から、二年生の教室の軒下にあるいて、三年生の草野先生が回転窓をふいていられる下を通り、さらに四年生の教室まで歩いて、以後は駈足でもって元の位置に帰ってきたのである。

帰ってくると、

「おい、見えたか」と陸五郎がにやにやしながら甚太郎に尋ねた。

「ううん」甚太郎がべそをかいたみたいな顔でかぶりをふると、

「ばかな唐変木。お前、上を仰向いて見なんだじゃないか。それじゃア何のための斥候じゃい。……では、ええと、次はもっと体の小さいやつがええから、おい、正介、お前行ってこい……」

と私に番が当ってしまった。

私はまことに意外な気がした。性質はまるきり反対だが、血をわけた兄弟であれば私が陸七郎と大の仲よしであるのを、陸五郎は知っている筈であるのに、どうして彼は私を指名したのであろう。いくら学校の慣習で今日は彼が絶対的な権限をもっているとは言え、多少はコネということを考慮してくれてもよさそうなものを。

「おい、早ういけ」

陸五郎がにやにやしながら、急《せ》きたてた。

私は仕方なく竹箒をもって砂場から立ち上ると、甚太郎のまねをして竹箒を肩にかついだ。それから甚太郎がしたと同じように広い運動場を横切って、尋常一年生の教室の方に歩いた。歩きながら何故ともなく泣きたいような気持になったが、泣くのはこらえた。

やっと尋常一年の教室の窓下にたどりつくと、私は甚太郎の真似をして尋常二年生の教室の方に歩いた。それから尋常三年生の教室までたどりつくと、私は咄嗟に知恵をはたらかせて、目をつむった。

目をつむって居れば盲目と同然だから、顔をななめ上にもち上げたような恰好をつくって、大急ぎで草野先生の下を通りぬけたのである。

そして以後は駈足でもって再び砂場まで戻ってくると、

「おい、こんどは見えたか」

と陸五郎がにやにやしながら尋ねた。

「うん、見えた」と私はこたえた。

「ほんまか」

「ほんまじゃ。でも、ほんのチラッとだけじゃ」と私はうそを言った。

「チラッとか?」

「うん、チラッとだけじゃ」

「ようし、それでは次の者は、みんな見てこい。ええと、こんどは誰がええかな。おう、そこの喜十郎、こんどはお前いけ。なんじゃと、腹が痛い? 嘘をこくな。見えすいた嘘をこいとる奴は、今日は晩まで家に去《い》なせはせんど。それでもええか。おい、喜十郎」

ところが喜十郎が見えすいた策略でも、策略を用いて腰をあげないうち、当の草野先生はねらわれているのを気づいたのか気づかないか、そこんところはわからないけれども、回転窓ふきを中止して、教室の中に姿をかくしてしまったので、陸五郎はぎゃふんとなって、

「おーい、ではみんな、掃除にかかれい」とやけくそみたいな号令を叫んで、陸五郎の悪ふざけは、尻切れとんぼになったのである。

三

春がすぎて夏がきた。夏がきて授業も半日になり、一学期も終って、暑中休暇がはじまった途端であった。草野先生に関する奇妙な噂が村いっぱいにひろがってしまった。

その噂は、ざっと要約すれば次のようなものであった。

なんでも七月末の某日、草野先生は学校からの帰途、尾坂部落（北条陸五郎兄弟の部落）から尾坂峠にさしかかった時、峠の溜池のほとりの野茨の蔭で脱糞行為を遂げたというのである。恰度その時、尾坂峠に牛を飼いに行っていた尾坂部落の青年某が先生の行動に不審をいだいて、谷をくだって池の近くまで行くと、行為を終って立ち上った先生の眼と青年の眼が、ぱちりとかち合ったのだそうである。まさかこんな所に人がいるとは知らなかった先生は、大あわてにあわてふためいて、脱兎の如くに逃げだしたのだそうである。

青年は逃げて行く先生のコバルト色の袴を見送って、野茨のしげみの下を点検すると、行為のあとの汚物が歴然と残っていたのだそうである。

青年は部落に帰ると、実際は行為中のことは全然知らないくせに、はじめからおしまいまで全部みたようなことを言って、部落の青年に言いふらしたので、部落の青年がやきもち半分に現場の見物に行くと、現場の野茨の下には学校生徒の書方の清書が一枚おちていたので、なるほど某の言うことはウソではなかったという事にきまったのだそうである。

尤も以上は一、二ヵ月も時間がたって判明した真相（？）で、だいたいにおいて間違いのないところかも知れなかったが、噂の初期の頃には村の青年たちは寄るとさわるとただがやがや騒いで面白がるばかりであった。

「そんなに言うたかて、なんぼ女先生でも、出るものが出とうなった時には、仕様があるまい。わしら、野糞は毎日たれとるわい。先生じゃちゅうて、神様じゃあるまい」

といったような同情論もでた。

「なにをいうか。男と女は性質がちがわい。お前は草野先生にほれとるからそう言うんじゃ。先生のところには男のフミが山ほど行っとるちゅう話じゃが、お前も出した組じゃろ」

「こくな。わしはフミの書き方なんか知らんわ。フミだなんて、まどろっかしいものを書くより、わしは惚れたら最後、もっと直接行動でやって見せら」

「ちぇッ、口だけは、調法なもんだ喃」

「それはそうと、草野先生が尾坂峠でたれた糞は、なんでも色が真っ赤じゃったという話じゃぞ」

「真っ赤な糞なら、赤痢じゃアないか。まだわしは先生が避病院に入ったという噂はきかんぞ」

「いや、それはきっと先生がその前の日に、西瓜を仰山食うたからじゃろ」

面白半分、草野先生は夏の夕涼みの青年達の話題のタネにされて、長い暑中休暇が終って、やっと二学期の新学期がはじまったが、しかしそんな噂が大きくものを言ったのであろう、私たち小学生はふたたび先生の姿を学校でみかけることは出来なくなってしまったのである。

四

さてこの小説のはじめにかいた——私が大学教授のAからズロースの語原について速達ハガキをもらってから二、三ヵ月たって、その年の年末、故郷に帰って行った時のことである。

故郷とは言っても私の場合、家しかのこっていないので、戸締めしてあった雨戸をこじあけ、米を買い、野菜はもらい、下宿まがいの滞在をつづけているうち、ある日、農協主催の農業文化祭があるときいて、出かけてみることにした。

会場は村の小学校であった。妙なことだが戦後故郷に疎開していた三年間には、私は一度も自分の母校である小学校をたずねたことはなかった。

村の北のはずれから約二十町、かつて自分が登校下校につかった田圃道を歩いて学校までつくと、むかしと同じ石の門が立っているのがなつかしかった。が、なかの校舎はすっかり改築されて、昔のおもかげはなかった。

それはそうあるべきであろう、その間に四十年の歳月が経過しているのであるから。

農業文化祭というのは昔の農産物品評会といっていたものと大同小異で、米俵がつまれた室にはおのおの出品者の名札がぶらさがり、特等一等二等をとった俵には金紙銀紙赤紙がはられて、私はちょっと上野の展覧会を思い出したりした。

次の室には大根が並び人参が並びごぼうが並び、卵が並び、梨が並び、柿が並び、というような具合で、それぞれ面白くないことはなかったが、出品者でないものにとっては興味が半減するようであった。

が、そんな室を通過すると、草月流もとりいれた生花の室があったり、飯とおかずを詰めた弁当料理が覇をきそっていたりするのが一興であった。また次の室には書道画道の室があり、その次の室には木工工芸品などが並んでいたりして、なるほどこれは文化祭の名を恥ずかしめないわいと思いながら、最後のつき当りの室に入った時であった。

いや入ったのではない、入ろうとした時であった。ちらりと中をみると、その室には床の上にゴザが敷かれて、窓際の日あたりのいい場所に四五人の男子がかたまって、火鉢に手をかざしているのが見えた。

（これは農協の役員の室かな）

と私は咄嗟に感じ取って、後にひき返そうとした時であった。

「おい、おい、佐山君、佐山君」と私は中から名をよばれた。

それで私がもう一度その室の入口に戻って中をのぞくと、小学生の時私より一年下だった村助役の明石隆一君が、大げさな身ぶりで、私を手招きしているのであった。

つられて私は中に入って行った。

「まあ、坐られい。ぼっこ、久し振りじゃ喃。あんた、何年ぶりで戻って来たんかいな」

酒ずきな助役は、今日の文化祭を祝して、もう一杯きこしめしている様子であった。

「そうじゃ喃。かれこれ、五六年になろうか喃」

「へええ、もうそんなになるかな。それじゃアあんた、この人はごぞんじあるまい」

と助役は火鉢の前に坐っている六十がらみの口髭をはやした紳士をさして、

「この人は喃、尾坂のひとじゃがな。若い時から大阪に出とられて、ついこの間まで警察署長をしとられた北条陸太郎さんやがな……。北条さん、こちらのこれは、今は東京に出て文士をしとる佐山正介君ですらあ」

と、私を北条陸太郎にひきあわせた。

「ああ、じゃア、北条陸太郎さんと言えば、北条陸七郎君のお兄さんですね。どうぞよろしく。ぼくは陸七郎君とは学校で同級生の仲よしでしたよ」と、私は言った。言いながら、陸七郎がこの陸太郎から土産だと言って、大阪のいわおこしを持って来てくれた時のことが思い出された。

「あの、陸七郎君は、いま、どうして居られますか」

「あれはわしの後を追うて、いま大阪で巡査をやっておりますわい」

「それは結構ですなあ」

「いや、あれは巡査にはちっとおとなしすぎて、出世はようせんです」

「そんなこともないでしょうが。それから陸七郎君の上に陸五郎さんて、おられましたなあ。あのひとはいま、どうしておられますか」

「あいつは、ガダルカナルで戦死しました。あいつは、子供の時から暴れん坊でしたから、まあ生れた時から性格的に戦死するようにできて居ったんだろうと、あきらめております」

そう言われてみれば、私もそんな気がしてきた。れいの運動場掃除の時、教室の回転窓をふいている草野女教師の袴の下を下級生に通行させて痛快がったりするところは、自分が兵隊になれば、率先して敵の弾丸のなかに飛び出して行く性質と同じだったのかも知れないのである。

がその時、室のまんなかに立てた二枚屏風のかげからしずしずとあらわれた五十がらみの上品な婦人が、私の前に抹茶茶碗をおいて、

「あの、まことに、お粗茶でございますが、どうぞ……」

と、ていねいなお辞儀をして、また屏風の中に消えて行った。

すでに私は気づいていたが、この室は農協幹部の控室ではなく、今日の文化祭では最も高級な趣味だと言わねばならない、茶道の室であったのである。

が、私はこの道の心得はなかった。なんだか屏風のかげにまだ四五人ひかえているこの道のベテランが、東京がえりの私のお手並をそっと拝見に及ぼうとしているのではないかと思われた。が、そこは年の功、いつかどこかで聞きかじった記憶をおもい出して、私は先ず羊かんを手につかんでぱくりと口に入れた。それから茶碗を両手に持って、二度右に廻して、緑色の抹茶をごくり、ごくり、咽喉の奥にのみ込んだ。

で、ともかくそれで一安心、

「どうも野人はこういう時こまる喃。恥のかきすてみたいじゃがな」

と傍の助役の顔をのぞきこんで、後味の悪さをごまかすかのように、

「ところで助役、いまお茶をもって来てくれたあの美人は誰かな。わしはさっぱり見当もつかんのじゃが」と話題を転じると、

「ああ、いまのあの人は、この北条陸太郎さんの奥さんじゃが」

と助役がこともなげに言った。

「あッ、そうか……。それは、どうも失礼」

私があわてて、思わずがりがり頭をかくと、並みいる村の有志がへらへら笑い出した。どうも私はへまの連続のようであった。だから私は最初からこの室は何となく入ってきたくなかったのだと思っても、入って来たものは今更仕方がないのである。

気をきかしたのか、照れたのか、元警察署長の北条陸太郎が小便でもしたくなったかのように室を出て行くと、

「あんた。あんたは、わしらが学校生徒の時分、草野先生という女先生がおられたのを覚えとるか」と助役が私の耳に口をあてるようにして言った。

「ああ、覚えとらアじゃ。よう覚えとる」

と私が答えると、

「あんた、さっきあんたが美人じゃとほめたひとが、そのひとじゃがな」

「え⁉」

「つまりなあ、あの女先生が後妻ではあるけれどいまの北条陸太郎君のところへお嫁さんにきて、現在この村の婦人会長をしとられるわけじゃがな」

と、私にとってはまるで青天のへキレキにも等しいことを教えてくれた。私は咄嗟にはどうしても信ぜられぬほどであった。

と、その時、当の婦人がまた屏風のかげからでてきた。お茶碗をひっこめる時間がきたもののようであった。が、婦人はお茶碗をひっこめる前に、

「あの、わたくし、北条陸太郎の家内でございます。どうぞおよろしく」と両手をついて、私に向って自己紹介をされてしまったのである。しかしどうやら、一杯きこしめしている助役の内密話が、声が大きすぎて婦人の耳にはいってしまったもののようであった。

「は。ぼくは、井良部落の佐山正介です。どうぞよろしく」

と私は応じた。応じて、婦人の顔をまともにみると、婦人の頭にはまだ白いものは一本もでていないようで、ほんとは私よりも六つ七つ年上な筈なのに、顔の色もつやつやして、私の家内なんかよりずっと若々しく見えた。

奇妙な気持のまま、茶道室をあとにした私は、運動場にでてみた。四十年前鉄棒のあった場所には今は鉄棒はなかった。が、砂場の上におおいかぶさるようにしげっていた柳の木は、いまも元のままのこっていたので、その位置は知られた。

歳月のふしぎさと、運命のふしぎさを胸の中でかみしめるようにして、私は運動場をよぎって校舎の方に歩いた。校舎は改築されて昔のものではなかったが、位置はもとのままであった。私は一年生の教室があったあたりから、三年生の教室のあたりの方に歩いた。

そして三年生の教室のあったあたりの場所までくると、私は立ちどまって柳の木の方をふりかえり、ちょっと躊躇はしたけれど、屋根の雀の子でもみるような恰好で、ちらっと教室の回転窓をふり仰ぎ、やっぱり胸のどきどきはどうすることもできず、四年生の教室の方へ通りぬけて行ったのである。

留守の間

一

正介は今から八年前、細君が田舎へ行っている留守中、手の指をガラスで怪我して、傷そのものは大したことはなかったが、指の神経を痛めて未だに根治しないでいる。また一年前には、細君の留守中ではなかったが、外出中オートバイにはねられて足の骨を折り、二ヵ月入院したことがある。その時警察の電話で事故を知った細君は、脳にショックをうけたらしく、頭の毛が半分近く白髪になってしまった。

そんなこともあって、こんどまた細君が、祖先の法事をするため田舎へ行く時には、くれぐれも用心するように繰返した。わかったよ、わかったよと正介は答えた。ところが、細君が出発して二時間ばかりして、正介は晩酌をひとりでやって、毛布にくるまってうたたねをしていると、

「木川さん、速達です」と郵便屋が叫んだ。あたふたと玄関に出ると、

「へんな匂いがしていますね。ガスでももれているんじゃありませんか」

　と顔なじみの郵便屋が言った。

「なあに。トイレの匂いだよ」

　と正介は答えた。正介の家は戦後のバラック建築で、便所が玄関と並んでいて、天気のわるい日など、相当匂うことがあるのである。

　ところが念のために台所に行ってみると、本当にガスがしゅうしゅう音をたてて洩れているのであった。あわてて消したが、台所の隣の茶の間でねていた正介は、もし郵便屋が来なかったら、そのまま昏睡状態に陥っていたかも知れなかった。もう六十年近くも生きて来たのだから、二十代三十代で死んだ人のことを思えば、勿体ないようなものだが、でも細君の留守に死んだとあっては申訳がなかった。

　なか一日おいて、同じ郵便屋が普通郵便の配達にきて、

「表札が見えないようですね。たしか一昨晩はあった筈ですが」

　と注意した。

「そうかなあ。それよりも君、一昨晩はありがとう。やはりガスがもれていたんだよ。もし君があの時注意してくれなかったら、今日あたりおれも葬式をだして貰っている所だったよ」

　と感謝すると、

「お礼は郵便物の差出人に言ってください。わしはただ郵便の配達事務をとっただけですから」

と郵便屋が謙遜した。

「ところが実をいうと、あの速達は借金の督促状だったんだよ。ア、ハ、ハ、ハ、ハ。そうすると借金がおれの命拾いをさしてくれたということになるかなあ」

「さあ、そこまではわしには判りませんね」

郵便屋は赤い自転車にまたがった。

正介は玄関の外に出て仰向いて見た。すると本当に表札が見えなかった。一月二月になると、よく受験生が迷信で表札を盗む話はあるが、十月というのは少々気が早すぎるように思われた。

一昨晩酒の肴にした蒲鉾板が台所にころんでいるのを思い出した正介は、その蒲鉾板を持って書斎にはいった。硯箱の蓋をとって墨をすりはじめた。毛筆で字を書くことが滅多にない正介は、墨をするのは実に久しぶりだった。もう三年も四年もすったことがないような思いがした。

硯には海と陸がある。が、その海の水を陸にひきあげて、陸の窪地ですっていると、窪地でない場所までが不満顔をしているように思われた。で、窪地でない場所もまんべんなくゆっくり擦ってやった。

戦後インクがなかった時分、正介はこの硯を頻繁につかった。手紙も葉書も原稿も、みんなこの硯で書いた。ぼつぼつインクが出はじめても、インクになじめず、なお二年くらいはこの硯をつかった。その間に硯の陸のまんなかに、卯形の窪地ができたものらしかった。

また硯箱の中には、当時使ったちび筆が数本ころがっている間から、五十銭硬貨の大形と小形のとが、三枚でてきた。何年度の発行かしらべて見たが、文字が墨でよごれて読めなかった。それからやはり墨でよごれたハトロン紙の小さな包みをあけてみると、中から蟬が出た。茶色の翅をしたのと、白い透明な翅をしたのと、二疋だった。

六、七年前の夏、正介は甲州の、昔武田信玄の隠し湯だったという伝説のある温泉に、手の指の治療に出かけて、十日ばかり逗留したことがある。山の中の温泉場で、終日谷川の音が聞えて、朝眼をさました時には、きまったように夕立がふっているような錯覚をおぼえた。湯に入るのが仕事だから、正介は毎日、三回も四回も風呂に入った。夏でもその温泉は人間の体温以下の鉱泉だから、朝風呂に入る時など、若干の努力を要した。正介は元気をつけるために、朝食に酒を一本だけ飲むことにしていたが、ある朝、宿の二番娘のお酌で一杯やっていると、

「順ちゃん。一号さんがまた汚しているからね」

と番頭の周さんが言いに来た。もっとも襖が一枚あいていたので、廊下からちょっと覗

いて声をかけただけであったが。

「はい、わかりました」

と二番娘が返事をした時には、周さんの姿はもう見えなかった。

「何だね、また汚したって？」

と正介は杯を口にふくんだまま二番娘に訊いた。一号室には二人連れの客をいれるようにしていたから、大体の見当はついていたが、酒間つれづれの座興できいたのであった。

「シーツです」

とその春高校を出たばかりの二番娘が率直に答えた。

「シーツがよごれるって、どんな色で汚れるの」

と正介が重ねてきくと、

「赤です」

と二番娘が言った。

あまりきっぱりした返事だったので、正介が顔まけしたような気がした時、二番娘はつづけた。

「でも、お客さんがお汚しになるのは結構なんですけど、大抵のお客さんが、あとからお茶やお水でお拭きになるので、それが宿屋としては困るんです。お茶や水でざあざあやられると、お蒲団が台無しになってしまうんです」

「余計なことをするもんだなあ。もっとも、ぼくらが原稿の仕事をする時でも、しょっ中それに類した失敗を演ずることがあるがなあ。いや参考になったよ」

と正介が言うと、

「あら」二番娘がかすかに頬をそめた。「だけど宿屋としてはそこが辛いところで、アベさんが朝お発ちになると、すぐ夜具をしらべに行くんです。なんだか悪いことをしているみたいで気がさしますけれど、営業となると仕方がないんです」

「それはそうだろう。癌なんかでも近頃、早期発見、早期発見ッて、しきりにお医者が新聞やラジオで言っているからなあ。ぼくは別に悪いこととは思わないよ」

正介はなぐさめた。

その宿は二流ないし三流の旅館で、室の数も十二室ばかりの下宿屋風な建物だった。建物は最近新築したばかりで、木の香が新しかったが、借金で建てたもののようであった。いや正介は順ちゃんの口からはっきりそうきいていたので、順ちゃんも営業面では張りきらないわけには行かないもののようであった。

傭人も番頭一人だけという節約振りで、その反面病気の治療客には家庭的な雰囲気が好ましい点もあって、正介は順ちゃんの弟の中学一年生と、入湯の合間に、将棋をさしたりして、無聊を忘れた。

余談になるが、正介はいつか、将棋のT八段の口から直接、こんな話をきいたことがある。T八段はその時既に八段になっていたが、北海道から青森へ連絡船でわたる時、退屈まぎれに休憩室に行って、数人の乗客が将棋をさしているのを見物していたところ、

「小父さんも、見物ばかりしないで、一丁やらないか」

と中の一人が挑戦してきた。

で、一丁やったところ、加減しながら指したつもりなのに、T八段が勝ってしまった。もう一丁と挑戦してきたので、もう一戦やったが、また勝ってしまった。

敗けたその男がくやしがって、

「小父さんは強い。もう少し身をいれて本式に勉強すれば、きっと初段にはなれると思うね」

と賞めてくれたというのである。

その話とは比較にはならぬが、正介は最初相手が中学一年だと思って、いささかなめてかかったところ、中学生の実力は見かけによらず、少々ではあるが正介を上廻った。平均点を出せば五対四くらいの成績で、正介の方が押され気味だった。それだけに、考え方を別にすれば、好敵手に恵まれたことになった。

ある日、午後三時頃からやり始めて、三戦やって、正介が二勝した時だった。今日はこの位にしておこうと正介が言った時、中学生の白いシャツの胸のポケットに何か動いているのが見えた。

「おや、それは何だね。何かぴくぴく動いてるじゃないか」

と正介が指でさすと、

「これか。カナカナだ」

と無口な中学生が翅の透明な蝉をポケットから摘み出した。身長二センチばかりのかわいらしい蝉だった。

「ふうん。それがカナカナっていうの。どれ、ちょっと見せてごらん」

と正介はその蝉を受取った。正介の田舎にはカナカナはいない。で、五十をすぎた今日まで、よそで声はきいた事はあっても、実物を見たことはなかった。

「ほほう。これ、どこにいたの?」

と正介がきくと、

「裏の山」

と中学生がぼつり、言った。

「理科の標本にでもしようと思って捕ったの」

「ちがう」

「じゃあ、小父さんが貰ってもいいかね」

「いいよ」

中学生が承諾した。

入湯記念といっては大袈裟になるが、正介はそのカナカナをマッチ箱にしまっておいて、東京に帰る時持ち帰ったのである。

それが、硯箱の中から出て来たというわけであった。蟬には内臓がないのか、それとも墨が防腐剤の役目を果したのか、虫に食われた形跡もなかった。

二

もう一つの茶色の翅をした方は、もっと一般的な、正介も子供の時分、裏山でいやというほど捕ったことのある、アブラ蟬であった。二年前の夏、自宅の前の電信柱で鳴いていたのを、正介が手でつかまえたものであった。

そのアブラ蟬を捕った日から、一週間か十日前のことである。正介はステッキをかかえて散歩に出た。空が曇っていた。家を出るとすぐ畑で、しばらく行くと千川上水につきあたる。千川上水は清流とはいえないが、それでも東京では綺麗な方である。その土手の道を、流れと逆にぶらぶら散歩していると、正介は一人の少女が、道のほとりのトマト畑の中の松の木にもたれて立っているのを見つけた。

畑には松の木が三本ある。野良生えではなく、百姓が植えたものらしく、松の木は庭木風に枝振りが整えられていた。金持が家を新築した時、通りがかりに見つけて所望したら、高く売りつけて一儲けしようという思惑らしかった。思惑はどうなるかわからないが、庭木風の松の木にもたれている少女には、何かしら疑問のようなものがあった。正介にだって覗き趣味はあるのである。道に立ち止って、トマトの葉にかくれるようにして、頭の髪を馬の尻っ尾形に結んだ少女の横顔をみていると、

「はい。では、一番から……」

と、少女が号令をかけた。

それまで気づかなかったが、少女から四、五間《けん》離れた次の畑の胡瓜の竹の支柱のかげに、数人の男の子が息をひそめたような気配で、うずくまっているのが見えた。

号令で小学一年生位の男の子が飛び出すと、松の根元の空間地にあらわれて、少女の前掛を指先でつついた。

「一、二、三、四」

と少女が秒読みのようなことをしたが、十まで数えた時、男の子は頭をかきかき引きさがった。

「では、二番」

少女の号令で次の男の子が出てきた。

そうして同じことをくりかえした。が、何かうまく行かないような感じだった。

少女は上衣に半袖シャツを着て、下はスラックスだった。そういう服装の上に前掛をし

めていたが、その前掛のまんなかに別布の水色のポケットがついていた。その水色のポケットの上を、子供はつついたのであった。

「では、三番」

と少女が号令をかけると、次の男の子が出て来た。前の二人の子よりも小さく、幼稚園児くらいのチビだった。

前と同じように秒読みされながら、その子は少女の水色のポケットの上を指でつついた。いや、つつこうとした瞬間、思い直したように指をひっこめ、前掛の前で円を描いた。とんぼをつかまえる時の要領であったが、その要領が終った時、子供は少女のポケットを高々指で、きゅッと強くつついた。

と、その時、ポケットの中から、

「ジジーッ」

という声が一声、おこった。蟬が鳴いたのであった。

「わあッ」

嘆声と一緒に五人の子供が胡瓜畑から出て松の木の根元に集った。これで勝負はきまったものらしかった。番号は前もってクジビキかジャンケンできめてあったので、前掛のポケットをつつけなかった子供も、異議をとなえることは出来ないもののようであった。

「では表彰式を行います。みんな一列にならんで」

と少女が号令をかけた。

それから少女は地べたにおいてあった買物籠から一箱のキャラメルを取り出すと、アブラ蟬と一緒にチビに手渡し、

「ただし、このキャラメルは副賞であるから、お前が一人で食べないで、ほかの子にも分けてやること。……判ったね」

と念をおした。

エサにありついた鶏が逃げて行くように、子供たちがもつれ合って人家のある方角に向って駈け出した。

とその時、正介の目と少女の目がかちあった。

「キミは面白い遊戯を知っているんだなあ。見ていて呆気《あっけ》にとられたよ」

と正介は思わず少女に声をかけた。

「おら、男の子がすきなんだ」

と少女が言った。

女が男をすくのは自然の趨勢によるもので、別に不思議がることはないが、こう率直に片づけられては、ちょっと二の句がつげなかった。

「キミは甲州の生れかい」

と正介はやっと話の接穂《つぎほ》を見つけた。咄嗟の連想で、れいの信玄の温泉宿で将棋をさし

た無口な中学生の顔を思い出したからであった。

「ちがう。おら、立石だ」

　と少女が言った。

「立石？」

「小父さんは立石を知らないの？　宮城県だよ」

「ああ、そうか。それはごめん。で、キミはその立石の中学校を卒業して、東京に出て来たの」

「そうだよ。小父さんは頭がいいなあ」

「いや、それほどでもないが、おれも初めはキミがまだ中学の一年ぐらいに思ったんだが、段々こうして話していると、そんな風に思われて来ただけだよ」

「小父さんは、赤木啓という画家を知ってる？　へえ、知らないの。案外世間にうといんだなあ。おら、そこの女中さんなんだ。そら、あそこの松林の中に赤い洋館が見えるだろ。あそこだよ。今日はモデルさんがお休みだから、おら、これからカボチャを買いに行くところなんだ。……あ、いけねえ」

　少女は道草をくっていたのにはっと気づいたように、カラの買物籠を百姓婆さんのように肩にかつぐと、ばたばた駈け出した。ずんぐりした体格で、ガニ股で駈ける恰好に妙な愛嬌があった。

その時のことがまだ頭の中に残っていて、電信柱で鳴いているのを手で押えたら、あっけないほど簡単に捕ることができたアブラ蟬だった。

三

ところで男の自炊は、三日もすれば飽きが来るものである。台所の棚には、一円のアルミ貨が山のようにたまった。あぶらげは一枚六円で、二枚買うと八円つりがきた。三枚買うと二円釣りがきた。いまどき、一円硬貨をこんなに有効につかっているのは、豆腐屋さんだけのようであった。

偶然ながらも法事と関係のある豆腐とあぶらげだけの食事をしていると、正介は気のせいか体がへなへなしてきた。そのくせ、魚屋や肉屋へ買出しに行くのは、大儀だった。

七日目の夕方、正介はカロリーを摂ろうと思って、外出した。国電の駅までバスで出ると、二十円区間のキップを自動販売機で買った。ホームに出たら、上り電車が先に来たので、上り電車にのった。二十円区間をフルに活用して電車をおりた。

それから陸橋をわたって、向う側の広場に出ると、駅前通りを一丁ばかり歩いて、果物屋の角を左に曲がった。そこは俗称を後家横丁といって、飲食店が二丁ばかりずらりと並んでいる所だった。正介も二次会の流れで、二度ばかり来たことがあったが、シラフでくるのは初めてだった。一度、ハシからハシまで歩いてみて、引返す途中、正介はとある鮨屋に入った。

間口一間半、奥行四間ぐらいの店だったが、あいている木の腰掛に腰をおろすと、
「まず、お酒を一本ください」と壁にかかっている値段表を見ながら、正介は注文した。

待つ間しばし、赤いセーターを着た女中が後《うしろ》から銚子を持ってきた。後というのは、店の形がL字形で、前には鮨握りの職人が二人いるので、こういう工合になるものらしかった。間髪をいれず、職人がコハダのつまみものをツケ台の上にのせてくれた。

正介はコハダがおいしかった。酒もおいしかった。三本たいらげて、大分いい気持になって、四本目を注文したあとだった。
「小父さん、しばらくだったね」

と四本目の銚子を持ってきた女中が声をかけた。
「ああ」と正介は生返事をした。さっきから何だか見たことがあるような女だとは思いながら、思い出せないでいたのである。
「忘れた？　そら、千川上水の土手で逢ったたじゃないか」

と女中が男のような口調で言った。そう言われてはっきり思い出したが、まことに偶然ながら、それは千川上水で蟬あそびをしていた少女だった。
「ああ、そうだったね。おれもそうらしいとは思っていたが、人ちがいのような気もして

いたんだ。まさかキミがこんな所にいるとは思わなかったからなあ。それであの、何とかいう画描きさんの家はどうしたの?」と正介はとぼけてきいた。

「逃げちゃったよ。だって、あの奥さん、とてもやきもち焼きなんだ。おらが旦那をとると思ったんだ」

「それはきっと、キミが画描きさんのアトリエに呼びいれられて、裸になったのが原因なんだろう」

「うん、そう。だけどおら、パンティはぬがなかった」

「なるほどなあ。それはそうと、話はかわるが、おれの家には今、蟬が二疋いるんだが、もしキミが欲しかったら、こんど来るとき、持ってきてあげようか」

と千川上水べりの例の遊戯を思いだしながら、からかい半分に正介が言うと、

「うん、持って来て。おら、蟬が大すきなんだ。でも酒をのんだお客さんはウソをつくから、おら、あした自分で取りにいくよ。取りに行ってもいい? ではこの紙に地図をかいて。おら、本当に行くよ」

とはりきった。

あくる日、正介は万年床をあげて、部屋の掃除をした。秋晴れの天気のいい日で、窓の外の白い山茶花が眼にしむ日だった。掃除がすむと、座蒲団を二つ出して、部屋のまん中においたり、台所からジュース瓶やコップをはこんできたりして、彼女を待ちうけた。

が、彼女はなかなかあらわれなかった。

正介はいつも、午後にする習慣になっている生理的要求をもよおして、玄関脇の便所に入っている時、或いはひょっとしたらと危惧していた彼女がやって来た。

「小父さん、来たよ。栄寿司のリキだよ。ああら、へんだなあ」

と玄関でリキの男のような声がした。

正介は少々戸惑った。が、黙っていれば尚へんなので、

「いま、便所にいるんだ。……さっさと上っててくれ」

と叫ぶと、いくらか気持がおちついた。

大急ぎで便所から出て、部屋に行くと、リキは赤いセーターに前掛をかけ、畳の上にちょこんと坐っているのが見えた。頭はパーマネントに行ってきたばかりのように見えた。

「座蒲団をあててくれ。それにしてもよく来たなあ」

と言いながら、正介は年甲斐もなく胸が動悸した。便所から出たばかりの照れくささが、そういう副作用をおこしたものらしかった。

「小父さん、蟬を頂戴」

とリキがどぎまぎした声で言った。正介の副作用が彼女には伝染したようであった。

「いまあげるよ。まあ、一杯、ジュースでものんでくれ」

と正介はジュースの栓をぬいて、コップについでやったが、手がぶるぶる震えた。

「ね、小父さん、蝉を頂戴」

とリキが膝頭をがたがた震わせながら言った。

どうも困った状態になった。色も艶もなく、きわめて機械的に硯箱の中から、蝉の袋を取り出して彼女にわたすと、彼女もちょっと袋の中をのぞいただけで、きわめて事務的に前掛のポケットに収めた。うれしいのか、うれしくないのか、表情にもでなかった。

実をいうと、前の晩、酒をのんでいる時には、彼女がもし前掛のポケットに蝉を入れたら、ポケットの上からあの時の小学生の真似をして指先でつついてきゃッきゃッと笑わせてやろうと、少年の夢のような幻想を抱いたのであったが、こうしたゆがんだ状態では、実行はできなかった。

「小父さん、おら田舎の家、鍛冶屋なんだ」

突然、リキが言い出した。さすがに飲食店で働いているだけあって、雰囲気を持ち直すのは彼女の方が早かった。

「そう。それは結構じゃないか」と正介は言った。

「それで、おら、特技があるんだ。やって見ようか」

「どんなことをするの」

「足の指で相手をひねるんだ、田舎にいた時、行儀の悪い男の子にしてやると、男の子が大声をあげて、降参しただよ」

「そんなに痛いのは困るなあ」

「でも小父さんは年寄だから、そっとしてやるよ。ちょっとその足を、ここに出して見な」

命令されて正介は、右の足を彼女の前に差出した。すると彼女も右の足を正介の前に差し出して両手を畳の上につくと、素足の指先で正介の着物の上から、ぎゅッと正介のこぶらはぎを挟んだ。

「いたた」

正介が思わず悲鳴をあげると、リキは指をはなして、

「ではおら、帰る。ぐずぐずしてはいられないんだ。小父さん、また鮨をたべにおいでね」

と、玄関の方にとび出した。

あッという間の早業で、正介が後を追って玄関に出た時には、リキの姿はなかった。前の道まで出てみると、リキは駅の方へではなく千川上水の方に向って、下駄をカラコロ言わせながら、小走りに急いで行くのが見えた。此処まで来れば、あの辺まで行って見たくなるのが人情なのかも知れなかった。

部屋に戻った正介は何となくウツロな気持で、さっき彼女に挟まれたこぶらはぎを手でもんでいると、東北の立石という町で、鍛治屋をしているという彼女の父親や兄の姿が目

にうかんだ。彼女によく似てずんぐりした父親が仕事場に坐って、足の指にフイゴウの柄をはさんでしゅうしゅう動かすと、炭の中の鉄が真赤に焼けて、彼女によく似た兄が機を逸せず、金槌で鉄敷《かなしき》を打ちおろす、そんな仕事場の情景が目にうかんだ。彼女はそういう環境に育ったので、父親の遺伝を受けて特別足の指が発達しているのかも知れなかった。

或いは子供の時フイゴウをうごかした経験があるのかも知れなかった。そうでないと彼女が言ったことと辻褄が合わなかった。

だとすると、リキのやつ、いわゆる髀肉の嘆というやつで、はじめから正介の足をつねって驚かしてやろうと考えて、やって来たのかも知れなかった。

正介が微笑した時、玄関の方で、

「ポツン」

とかすかな音がした。

出てみると、細君から来た葉書が一枚、土間に落ちていたので拾って読むと、だいたい次のようなことが書いてあった。

　十七日午後無事帰りました。三日がかりで庭の草を平げました。大へんな大草で、腰が痛くなりました。雨もりはそれほどではありませんでしたが、座敷の根太がくさって、家の中を歩くのはかなり物騒です。お寺さんに調べてもらったら、法事が六つもたまっていました。こんなに沢山ためた家は珍しいと笑われました。が、お寺さんの都合もあり二十五日午前十一時から寺の本堂で法事をして頂くことに決めました。電気もつかないし、その間を利用して私はちょっと実家の母を見舞って来ます。法事がすんだら、その日の夜行で帰京します。

十月二十一日

カレンダーをみると、今日がその二十五日で、時計をのぞくと、時刻が恰度午前十一時すぎだった。細君は彼女の発案で祖先の法事をするために帰ったのだから、法事をするのは当然だが、いまごろはお寺の本堂でお坊さんの後にひとりで坐って、しびれをきらしてもじもじしているであろうと思うと、おつとめ御苦労さんだなあ、というような気がした。

口婚

口婚《くちこん》と題をつけて、漢語字典を引いてみたが、こんな言葉は出ていない。大和言葉になおせば何といったらいいか、咽喉もとまで出かかっていて出て来ないが、小説などで言うフィクションのようなものである。

「だから母ちゃんよ」と私は或る夜老妻に向かって寝物語をはじめた。

あれはわしが小学六年生の時であった。わしの家の近所に、一人の美少女が転居して来た。名前は佐以ちゃんと言うのである。

佐以ちゃんの父親は請負というのか、技師というのか、技手というのか、はっきりしたことは知らないが、鉄道工事の監督のようなことをする人だった。体格ががっちりして、でっぷり太って、ヘルメット帽をかぶった姿がいかめしいというよりも恐いような存在だったが、私の村に鉄道が通じることになって、何処からかやって来たのである。

村の北のはずれに、小山がある。その小山にトンネルを掘る代りに、山を溝のように削り取って、切通しをつくるのが、ちょっとした難工事だった。

工夫たちが山を切開いた土を、トロッコにのせて線路に運んだが、私たち腕白小僧は、工事が休みの時など、内証でそのトロッコに乗ることを覚えた。

ところがいくら内証でやっても、トロッコを走らせると音がする。工夫たちが聞きつけて呶鳴りにやってくる。すると私たちはトロッコを放り出して一目散に逃げるのであるが、その逃げる時にはまた、特別のスリルがあった。とうとう、たまりかねた鉄道側が学校に文句をつけに行ったらしく、或る朝の朝礼の時間、校長先生から長時間にわたってお説教があって、今後もしそういう行為に及んだ生徒があったら、操行は丁にして学校は落第、警察をよんで来て取調べてもらい、次第によっては刑務所送りにするから、そのつもりで居れとおどかされた。

ところが私は或る夕方、私が風呂をたいていると、どこから入ってきたのか、忍び足でやって来た佐以ちゃんが、

「フ、フ、フ」

と笑いながら私の背後から手で目かくしをして、

「だあれか、わかる？　わかったら言うて見」と佐以ちゃんが言った。

私は黙って返事をしないでいると、

「好かん正ちゃん、風呂をたきながら、本など読んでると、火事がおきまっせ」

と佐以ちゃんが手をはなして、私の横に並んで、

「これ、日本少年？　正ちゃん、読み終ったら、うちにも貸してな」

と佐以ちゃんが嬌《あま》えるように、私の肩に彼女の肩をもたせかけた。

佐以ちゃんは、尋常五年生であるが、私よりも少し背が高かった。彼女はせっせと風呂焚きの手伝いをしてくれながら、私が「日本少年」にばかり気をとられているのが不満のようであったが、

「正ちゃん、うち、たのみがあるんやけど」

と長い睫毛の顔で私の顔をのぞきこんだ。

「何じゃい」と私は怒ったように言った。

「ああ、恐《こ》わ！　でも、うち、トロッコに一ぺん乗ってみたいんや」

「トロッコに乗ると、操行が丁になって、学校が落第になると、校長先生が言ったじゃないか」

「かめへん。うち、学校が落第になっても乗ってみたいんや。正ちゃん、今夜のせて」

彼女はなおも彼女の肩を私の肩にすりよせて、後にひこうとはしなかった。

私はこれでも、人に頼まれたことを拒むのはつらい性分なのである。夜の八時、私が約束の場所に行くと、彼女が私よりも先に来て待っていた。

「お父さんは、どうしとった？」

と私はまず一番にたずねた。

「お父さんは、今、お酒をのんどる」

と彼女が言った。

「お母さんは？」

「お母さんは、お父さんに、お酒をついでやっとる」

と彼女が答えた。

私は彼女の手をひいて、暗い線路を歩いて、一台のトロッコを見つけた。しかしトロッコは亀の子が仰向けになったように逆様にしてあるから、それを起すのが一騒動なのである。

「佐以ちゃん、お前も手伝うか」

「うん」

私は彼女と一緒にトロッコを起して、レールの上に乗せると、あとはもうタダのようなものだった。

トロッコの真ん中に彼女をのせて、私はトロッコをそろそろと押した。力をいれると音がするから、用心が肝要だった。

「正ちゃん、もっと力を入れて、ぎゅっと押さんかい」

「…………」

「つまんないなあ。ちっとも動いとらへんみたいだわ」

「…………」

「正ちゃんたら、もっと動かさんと、うち、ちっとも気持がようないわ。せっかくこうして上に乗っとるのに」

　彼女の要求にとうとう私は敗けてしまった。徐々にスピードを出すと、スピードは加速度的に加わって、等差級数から等比級数に進んだ。もちろん、彼女は満足そうに生唾をのみ込んだり、溜息をついたりしている表情が手にとるようにわかると、私は一層奮励努力する気がおきるから妙なものだった。

　彼女も私も無我夢中、この世の中のことは、一切忘れてしまったような一瞬だった。

「こらーア」

　というような大声が線路の向うから聞えたかと思うと、カンテラの灯が二つ、こちらに近づいてくるのが見えた。山の小屋に寝泊りしている工夫がトロッコの音をききつけて、やって来たのに違いなかった。

　私はあわててトロッコのブレーキをかけたが、トロッコは容易にとまらなかった。でも全身を汗だらけにして、時間にすれば三十秒位だったかも知れないが、私がやっとトロッコをとめると、

「佐以ちゃん、早うお降り」

　と彼女をトロッコから引きずり下して、私は彼女の手をひいて、麦田の中にかくれた。

かくれただけでは、発見されるおそれがあるので、麦田の中の畝《うね》の間を這うようにして、田から田を越えて、距離にして四、五町くらい逃げのびたのである。

「畜生！　どこへ行きやがった？」

「そこらにかくれとるんじゃないか。石でも投げてみてやれ」

二人の工夫はカンテラの灯を左右前後に振って、石を投げている様子であったが、もちろん石のとどく範囲ではなかった。

やがてカンテラの灯が山の小屋の方に向かって帰って行き、灯のあかりが見えなくなると、

「ああ、面白かった。うち、こんな面白い目をしたのは、生れて初めてやわ」

と彼女が言った。

「…………」

私は田の畦に腰かけて黙っていた。十中八九までばれることはあるまいと思うが、やはり学校につきだされたりした時のことが心配だったのである。そこへ行くと、彼女はいわば他所者《よそ》だから、あんなに呑気なことが言えるのだと羨ましいような憎いような気がしたのである。

「正ちゃん、どうしたん？」

彼女が私ににじりよって、私の膝の上に腰をかけ、

「うち、寒うなった。ぎゅっと抱いて」

と言うが早いか、彼女の方が先に私の首っ玉にすがりついたのである。

そうしてどの位時間がたったであろうか、彼女は私の唇を彼女の唇でさがしあて、ちゅうちゅうと乳でも飲む時のように吸ったのである。麦の穂が出かかる少し前の気候で、麦の葉の匂いがむんむん鼻をつく夜で、彼女は容易に私の膝からおりようとはしなかったのである。

○

「それではお父さん、こんどは私がお話をする番ね」と老妻が私に向かって寝物語をつづけた。

あれはわたしが小学三年生の時のことである。村の田圃の麦の穂がうれかけると、わたしたちは、もう海へ浴びに行ったものである。もちろん海水浴だなんて、ハイカラな言葉は村にはなかった。

村の裏に割合高い山があって、その山をこえると、日本海の一部のきれいな砂浜があって、そこが私たちの春から秋にかけての遊び場だったのである。

もっとも遊び場と言っても、男生徒たちが、学校から帰ると海にとんで行くのは、魚を取るのが主目的で、タコだのサザエだの、トコナツだの、シマダイの子だの、チヌの子だの捕ってくるものだから、親も夕飯のおかずが出来て大助かりなのである。そこへ行くと、女の子は貧漁で、やっとアオノリ、ヒジキ、ニナ、ボベイの類を拾ってくる程度であるが、これとて夕飯のおかずにならないことはないから、親はちょっと位は助かるのである。

さて私は尋常三年生の初夏、親には内密で浜へ出かけたのであるが、浜の岩の上に着物と腰巻をぬいで、生れて初めて海に入ったが、もちろん泳ぐことができなかった。浅瀬のところでペチャペチャやっていると、尋常五年生の男の子の賢ちゃんが来て言った。

「泰公《やすこう》、おらがお前の泳ぎの稽古をつけてやろう」

賢ちゃんというのは、村の地のものではなく、駐在所の巡査の息子であったから、村には珍しく色白のすんなりした体格が特徴的であった。

「うん、教えて」

と私が嬉しくなって飛びつくと、

「さあ、こっちへ来い」

と賢ちゃんが私の手を引いて、深い所へ出た。

それから私の足がもう砂に届かなくなった時、賢ちゃんは彼の両の掌を一つにして、私の頤《あご》をかかえた。抱えたというよりも、支えて、足先を海の底砂から離してぺちゃぺちゃ泳ぐ真似をするように命じた。

私が一生懸命、ぺちゃぺちゃ、やったのは無論のことである。すると賢ちゃんは、自分の足で少しずつ後すざりするので、私も自分が泳いでいるように思えた。

「泰公、お前はうまいぞ。頭がええんだな。今日中に泳げるようにしてやるから、一生懸命がんばれ」

「うん」

私はうなずいたが、今日中に泳ぎができるようになるのは嬉しいが、そうすると賢ちゃんの両掌が明日からはいらなくなるのかと思うと、何となく淋しかった。

「賢ちゃん、ちょっと休ませて」

と私が砂に足をつけて立つと、賢ちゃんは文句は言わなかった。

それでもお互いに真っ裸のまま、二人きりで立っているのが照れくさく、私は海の水を口にふくんでぷっと吹き出すと、運悪くその水が賢ちゃんの顔にとんだ。

「こら、ふざけるな。そら、もう一息だ」

と賢ちゃんがまた私の頤をつかまえた。

それから又ぱちゃぱちゃやっているうち、こんどは賢ちゃんが、つと稽古を停止して、

「おい、ちょっと待て。おら、小便がしとうなったから、小便をするけんのう」

と言った。

生理作用は陸であろうが海であろうが、頓着なく発作を起すのは、神の摂理というものである。

「うん、早うしな」

と私は気をきかして、私が砂の上に足を立てようとしたが、そこは大分深いところで足は立たなかった。

「あ、ーあ」

と叫び声を発して、私が思わず賢ちゃんにすがりつくと、

「ようし、それではお前は、そうしてわしの首っ玉をつかまえとれ。離すんじゃないぞ」

と賢ちゃんが力んだかと思うと、

「なあんだ。いまさっき、わしは小便がしたくてたまらなかったが、しようと思うと出て来んぞ」

と、不思議がった。

「つかえたんじゃろ。ではうちが腰をたたいてあげる」

私が左の手で賢ちゃんの首に抱きつき、右の手で賢ちゃんのお尻のあたりを叩いてやると、

「チョロ、チョロッ」

「チョロ、チョロッ」

と、無言の音をたてて、何回にも分割払いでもするように小便が出て、それが私のおへそのあたりに当った。

けれども私はちっとも汚ないとは思わなかった。海の水は青く澄んできれいだから、すぐに洗濯がきくと思ったのである。そしてその時の感覚だけは、何十年すぎた今でも、はっきりと私の体感にのこっていて、ふと思い出すたびに、なつかしい気がしてたまらないのである。

好敵手

一

私はしばらく碁会所へ行かなかった。冬は寒いからである。二年ばかり前、交通事故で足の骨を折ったあとがまだ少し痛むので、炬燵に入って、もっぱら静養につとめた。もっとも痛むといっても、びっこをひくほどではないから、もしも私に恋人でもあれば、万難を排して毎晩でも外出できる筈だが、あいにく今はそんなものがひとりもなかった。

「あなた、すこし散歩でもなさったら。からだに毒ですよ」

と老妻が何度も注意した。

じじいと朝から晩まで顔をつき合わせていると、彼女も何となく人生の寂寥を感ずるらしかった。

「いやあ、家にいれば、自動車にひかれる心配はない。家は極楽だ」

と私は言い言いした。

「それではわたし、ちょっと郵便局まで行ってきます」

「郵便局に何をしに行くんだい」

「ちょっと葉書を買いに」

彼女はそそくさと郵便局へ出かけた。郵便局は三町ばかりだが、一時間もかかって葉書を数枚買ってきて、それから老眼鏡をかけて、その葉書をかいて、

「それでは、わたし、ちょっと葉書を出してきます。あなた、何かご用はありません？」

「用は何もないね」

と答えると、用がないのが不満らしく、年甲斐もなくちょっとふくれ面をして、葉書をいれに行くこともあった。

ざっとこんなあんばいで、彼女は外出の口実には事かかなかった。口実というものは、考えればいくらでも出てくるものらしく、老若を問わず、貴賤をわかたず、それが人間の本能のようであった。

「今日はわたし、お風呂に行ってきます」

と言い出したこともあった。

「風呂はうちにあるじゃないか。この間桶を修理したばかりだから、まだ壊れてはいないだろう」

「いいえ。からだの目方がいくらになっているか、はかって来てみたいんです」

と言い出した時には、私もちょっと呆れた。

私は毎朝、新聞をよんだあと、新聞の掲載碁を碁盤に並べた。碁は五十をすぎて覚えたので、一向に上達しないが、石を握るのは嫌いではなかった。たいていの女性は子供の時、オハジキという遊戯をするが、あの心境に似ているのかも知れなかった。だからもちろん、八段や九段の大先生が、一手うつのに一時間も一時間半も長考して打ちおろした石の意味を理解することはできないが、並べてみると、その意味のわからないところが面白い。

ところが毎日の碁譜には、十手か十五手かしか載っていないので、「なるほど、ふん」とひとりで感心したり、「この手はちょっとどうかな」勝手な批評をしてみたりしたあと、こんどは自分が八段先生や九段先生になったつもりで黒白両方の石を持って、打ちつづけてみると、日によって黒が勝つこともあれば、白が勝つこともある。白が勝っても黒が勝っても、自分ひとりでやったことだから腹は立たない。しかし私は腹の立たない練習をしているのではなかった。

「おい、ひとりでやるのは、どうもつまらん。腹が立たなくて困る」

と私が或る時老妻に愚痴を言うと、

「そんなにつまらないなら、しなければいいでしょう」

と老妻が言った。

「それはそうだが、せっかく新聞代は払っているんだから、並べて見ないと損をしたような気がして、一日中忘れものをしたようで、気が落着かないんだ」

「それは困りましたねえ。いっそのこと、碁盤を古道具屋に売ってしまえば、きっぱりするんじゃないかしら」

「冗談は言わないでくれ。碁はわしの現在の唯一の趣味なんだぜ。趣味がなくて、人間は生きて行けないよ。あッ、そうだ、それよりもお前、お前も碁を習ってみたらどうだ」

と私はうまいところに気がついた。

が、老妻は、

「いやです」

と一言のもとにはねつけた。

「なぜかね。若い娘でもないのに、そう一ぺんに、ヒジテツをくわせるもんじゃないよ。さ、ここに来て坐ってごらん。わしが丁寧懇切に教えてやるから」

と私は老妻をうながしたが、三尺向うにいる老妻は炬燵から出てこなかった。

「お前は、碁というものは、何かむずかしい高等数学のように考えているらしいが、実はそうではないんだ。子供のオハジキと同じなんだ。黒石と白石を交互に一つずつ並べさえすればいいんだ。さ、だからここへ来てごらん」

と私は下手《したで》にでてすすめたが、老妻は頑固として応じなかった。

ひとり碁が終ると、私は茶の間から自分の部屋にひきあげた。そして自分の炬燵にあたって、炬燵の上で本をよんだり、書き物をしたりするのが、私のショウバイである。

部屋には一鉢、蘇鉄の鉢がおいてあった。この蘇鉄は、数年前、ある大学生が鹿児島土産だといってくれたものだが、くれた時には缶詰の空缶に入るほど小さなものだった。せっかくの貰い物だから、私は庭の隅に植えておいたが、この熱帯系植物は寒さに弱く、冬はすっかり葉を枯らした。あくる年の春になっても芽は出ず、もう枯れ果てたのかと思っていると、夏になってにょきにょき葉を出した。が、その葉も間もなく冬が来て霜がおりる頃になると、またすっかり葉を枯らした。

あまり同じことばかり繰返すので、私は気の毒になって、去年の秋、植木鉢を買ってきて鉢に植えかえ、自分の部屋にはこびこんでやったのである。

すると正直なもので、外には霜柱がおりるようになっても、蘇鉄は葉は枯らさなかった。勝手なもので、私は枯れない葉に愛情をいだいた。かと言って、私の部屋は熱帯のように暑くはないので、葉はやっと息をしている程度の青さで、なろうことなら友達の大勢いる鹿児島に帰りたいような風情だった。

「まあ、そう言うな。これもお前の運命だ」

と私はひとりごとを言いながら、彼女を抱きかかえて、日あたりのいい場所に移動してやった。

幸いなことに、ことし東京には雨があんまり降らなかった。雨のふらない日は、ガラス窓をとおして日光が部屋にさし込むが、冬の日光はよく動くので、私は彼女を部屋の中で一番あたたかい場所においてやろうと思うと、その気骨《きぼね》はなみ大抵ではなかった。しかし鉢をかかえて、部屋を三尺五尺と、一日に何回となくあちこち動き廻るのは、私の肉体の運動にはなるらしかった。

老妻が口うるさく散歩をすすめても、イエスマンのようになりきれないのは、こんなところにも理由があった。

ところが立春すぎると、私は歯が痛みだした。私のこの冬の予定には、はいっていないことだった。はじめの二日、富山の置薬をのんでごまかそうとしたが、ごまかしきれないので、三日目になって、私は歯医者に出かけた。

歯医者の待合室には女ばかりが待っていた。東京にはどうしてこんなに女が多いんだろうと、私は痛い頰に手をあてて考えた。おそらく、男は都心にはたらきに出て、昼間はこの郊外地を不在にしているのだろうと思うと解釈はついたが、女ばかりの中に男が一人だけまじっているのは、何となく気おくれなものだった。

やっと私の順番がきて、診療室の診療台の上にのっかると、

「先生、二日ばかり富山の置薬でごまかそうとしましたが、ごまかしきれないので、やってきました」

と私が言うと、

「どれ、どれ、ちょっと拝見、……はあ、これではごまかせないでしょう。……しかし歯にも寿命というものがありますからなあ。いずれは抜歯しなければ根本的な治療にはなりませんが、私も今日はごまかしておくことにしましょう」

と先生が言った。

「先生もごまかされるんですか」

私が不満顔で言うと、

「ええ、でもあと、二、三日で痛みはとまります」

「あと二、三日もかかるんですか」

「そりゃ、二、三日はかかります。しかし今夜はよく眠れると思います」

と先生が言った。

先生の言ったとおり、その晩は十分とは言えないまでも、割合によくねむれた。

そのあと、五日ばかり通院して、先生からヒマが出た。抜歯はまた日をあらためてやろうということになった。

歯科医院の玄関を出ると、私の足は町の方に向かった。何とない解放感で、私はわが家なんかに帰りたくない気持がわいてきたのだ。

二

映画館の前に立って、赤い血をふき出した女が、浪人者の男に飛びつきかかっている看板をながめて、私はその隣にある碁会所の階段をのぼった。

階段をのぼる時、パチ、パチ、パチ、碁をうっている碁石の音が、いり乱れて聞えた。今日も相当、碁客がきているような雰囲気だった。

「やあ、どうしてたんだ。ずいぶん長いこと、顔をみせなかったじゃないか」

と私の顔をみると、会所の主人である二段先生が言った。

「いやあ、碁はもうよそうかと思ってたんだ。いくらやっても、わしは強くならないからなあ」

と私は口から出まかせというほどではないが、心境の一端をかたった。

「そんなことはないよ。あんたもうちに来だしてから、完全に二目はあがったよ。ちょっと停滞することは誰にでもあるものなんだ。停滞したあと、またぐっとあがるものなんだ」

と二段先生が、入歯をガクガクさせながら、私の短気を訓戒するように言った。

この二段先生、年は私よりも五つくらい若いが、訓戒癖があるのである。私など年がいっているので余り叱られない方だが、若い学生君など規則違反でもしようものなら、ミソクソのようにやっつけられた。違反の中でも二段先生は「待った」が最もきらいだった。そのかわり、上達の見込みの乏しい私などにはなかなか相手になってくれないけれど、学生君には自ら率先するようにして稽古をつけてやった。どうせ叱るなら、叱り甲斐のあるものの方が人情というものであろう。

「ではおやじ、久しぶりだから一局、ご指導を頂こうか」

と私が内心びくびくしながら挑戦すると、

「いやあ、今日は朝から打ちつづけで、ちょっと、くたびれているんでね」

と二段先生が身をかわした。十回のうち九回までこれなので、私もなるべく挑戦はさけているのであるが、今日は久しぶりだから打ってくれるかと思ったが、やっぱりダメだった。

「いまに、あんたの好敵手があらわれるよ。もうじき来る時分だから、暫くこのストーブにでもあたっていてくれ」

と二段先生が言った。

「好敵手って、あの何とかいう、大学生君のことか」

「いいや、学生ではない。女だ」

「女?」

と私は鸚鵡がえしに言って、べっぴんか、非べっぴんかきこうかと思ったが、口には出さなかった。

ホステスが風邪でもひいたのか、欠勤していたので、二段先生が自らお茶をいれてくれた。なかなかうまいお茶だった。私も碁会所は東京で四、五軒知っているが、よく叱るおやじのいる碁会所の方が、概してお茶はうまいようである。

二段先生は三十何人の碁客が一所懸命うっている碁の視察にでかけた。丁度学校の先生が机間巡視をするように、〝弟子〟たちの碁を見てあるいて、一言ちょっと忠告を与えるのも、おやじの趣味である。

「おやじ、助言はしてもらいたくないね。わしらはわしらでやっているのだから」

とおやじに食ってかかるものも偶《たま》にはあるが、大ていのお客は素直にうなずく。そして少しずつ、強くなって行くもののようである。

私はお茶をのみながら、テレビを見ていた。しかし眼はテレビにありながら、心は画面にはなかった。いつであったか夜店で買った囲碁雑誌をみていたら、女流愛棋家の座談会がのっていたことがあった。出席者は、法学博士鳩山千代子さん、書家の柳田泰雲氏の母堂、旅館経営の最賀家寿子さん、建設会社社長の令嬢の安藤房子さん、新橋で芸者をしている月丸さん、ざっとこういう面々であったが、これらの女流が、それぞれ愛棋のウンチクを傾けた中に、鳩山千代子さんなどは主人の博士と毎晩一番やらなければ眠れないというようなことを語っていたのが甚だ魅惑的だった。

しかしこれらの女流は、一流の名士ではあっても、年が大分いっているのが私はやや不満であったが、その埋め合せというのでもあるまい、その雑誌のグラビヤには、若い潑剌とした婦人愛棋家が沢山のっていた。たしかその頃できたばかりの日本棋院中央会館の婦人部で撮影したもので、

「お料理にお茶とお花、それにピアノとテニスをすこし、というのがお嫁入りの七つ道具だそうですが、最近はもう一つ碁が加えられました。碁好きの旦那様の操縦法、シュウト殿のご機嫌とりはもちろん、オフィスで社長重役のお相手をすれば、云々」

こんなPRにひかれたのがそもそも動機か否かは別として、若い娘さんがどっさり婦人部におしかけて、黒白を闘わしている真剣な風景が私を魅了した。

写真をとったのは夏のことで、殆どの娘さんが洋服を着て、まるまっちい二の腕を肩までむきだしにして、

「パチッ」

と一石打ちおろそうとしている瞬間のスナップなどは、肉体的にも私を魅了しないではおかなかった。

しかし写真にうつっている碁盤の石から判断すると、私よりも下手《へた》なのが大分いるように思えた。できることなら、私はこんな若い娘さんと一戦やりたい衝動を覚えたが、どう

やら婦人部は男子禁制のようで、いくら入会金をつんでも、入れてくれそうには思えなかった。

「ああ、七浦さん、いいところへ来た。今日はあんたがお待ちかねの、好敵手があらわれているよ」

と二段先生の声が後ろでした。

ふりむくと、階段の上り口のところに、一人の婦人が立っているのが見えた。年は四十の坂を少し越えているかも知れなかった。グラビヤ写真の若い女性を瞼にうかべていた私は、その瞬間、ちょっと拍子抜けがした。が、それは一瞬のことで、七浦とかいうその婦人は私の老妻のようなデブではなく、ほっそりしたからだつきが、年に似合わずスマートなのに気をよくした。グレー色のウールの茶羽織の下の胸元にのぞいている、ナス紺の衿のあわせ方にも、何となくほのぼのとした色気が漂っているのも好ましい印象だった。

「そうだなあ。どちらが強いかなあ。どちらも同じようなもんだが、まあ、最初はあんたの方が白でやってみなさい」

二段先生が、私のそばに七浦夫人をつれて来て言った。

「わしが白か。世にも珍しいことが、あればあるもんだ。じゃ、ともかく、一応、そういうことにしてやって見よう」

と私は言った。

二人は卓盤をはさんで向かい合った。なんという香水かしらないが、ジャスミンの花のような匂いが私の鼻をかすめた。

「では、失礼」

と言って七浦夫人が先ず秀策流に第一着をおろした。

「大昔は強い方が黒を、弱い方が白を持ったんだって。玄人素人という言葉もそこからきているんだって」

私はガクのあるところをひけらかしながら、横柄な口調で言った。この際、ひけらかしも横柄も、戦術のひとつだと考えたのだ。

三分間ばかり長考して、私はポンと三三に呉清源流の新定跡をおろした。

「わあ、こまったなあ。とてもあたし、かないっこなさそうだわ」

みるみるうちに、夫人の顔が紅潮した。彼女は私の戦術にひっかかったらしかった。

「ちょっと、おどしてみただけさ。そのうち、馬脚があらわれる」

と私は彼女をなぐさめた。この碁会所に来だして数年になるが、私はまだ一度も白を持ったことがないのである。しかも女性との対局は生れてはじめてなのである。戦術がききすぎて、途中で投げ出されては、元も子もなくなる。

「それじゃ、行っちゃえ。やけのやん八《ぱち》かな」

と夫人が言って、次の石を打ちおろした。よほど力がはいったと見えて、細い指にはめている真珠の指輪が、こわれたのではないかと思われるほど、ナナメに光った。

　彼女は禁制の石を打ったのだ。三三にある私の石をしゃにむに取りにきたのだ。それは碁における、一番いけない手だった。碁は相手の石を取ろう取ろうと意気ごむと、却って自分の方が取られてしまうのだ。若いＢＧが、あの男をつかまえてやろうと、やっきになっておっかけると、ふられてしまう、あれによく似ているのだ。だから囲碁兵法の第一条にも「不得貪勝」と書いてあるのだ。

　シメ、シメと私は思った。この一石の失着で、私の勝ちはきまったようなものだった。ところがあとから考えてみると、私は兵法の第一条を信じすぎた。もうこれで勝ったと思ったのが、心のゆるみだった。結果論からすれば、失着を重ねたのは私の方で、私の三三の石ならびにそれに付属する石は完全にとられてしまった。そのあと私は額にあぶら汗をかいて死闘してみたけれど、遂に及ばず、凱歌は彼女の頭上にあがってしまった。

「どうも油断をしたなあ。わしの一代の不覚だった」

　と私はぼやいて、

「では、もう一丁」

　と復讐戦を彼女にいどむと、

「シラフではつまんないわ。ねえ、すこしカケてみない？」

　と彼女が言い出した。勝つと気持がラクになるのか、口吻にも何となく余裕があった。

「それは、カケてもいい」

と私は答えざるを得なかった。

「何がいい？」

「一局につき、ビール一本、……ではどうかね」

「オッ、ケー」

二人は第二戦をはじめた。いくら気のゆるみから出たとは言え、敗けたものは敗けたのだから、私はいさぎよく彼女に白をわたした。ちょっと辛い気持だったが、ここが男の見せ所だと思った。

三

午後十時、二人はつれだって、碁会所を出た。十時が会所のカンバンなのだ。総合成績は五対三で私の方が、よくなかった。時間さえあれば、対《たい》には持ちこめる自信があったが、時間の制約というやつは、どうしようもなかった。

ただし三時頃から七時間も、丁々発止とやり合って、お互いにボロも出しあっていたので、二人の気持は友達のように親しくなっていた。中国の古人は、囲碁のことを別名して「手談」といったそうだが、なるほど古人はうまいことを言うものだった。

「どこにするかね。ビール二本は、今晩中にカタをつけておくよ。ビール二本分、借金したとあっては、男がすたれるからなあ。それともご希望によっては、酒屋に行って荷造りしてあげてもいいが」

　道をあるきながら、私が彼女に言うと、

「まさか。そんなもの、後生大事に提げて帰って、もし旦那さんにめっかったら、いやな顔をされるわよ」

　と彼女が言った。

「ふーん、きみにも、旦那さんがあるの？」

「あるわよ、失礼ね。あたし未亡人じゃなくてよ。それだけはちゃんと言っておくわ」

「先廻りしないでくれ。わしは何もきみをひっかけようという魂胆はちっともないよ。わしにもちゃんと奥さんはある」

　と私は言った。

「へーん、言ったわね。どんな奥さん？」

「どんなって、一口には言えないが、目方はこの間はかった正確な数字がある」

「へえ、いくら？」

「十五貫、四百」

「わあ、すごい。だったら、あたしの旦那さんと、同じくらいじゃないの」

「そうかい。男の十五貫四百と言えば、商売は何だろう。わしが一発百中、どんぴしゃり、と当てて見ようか」

「うん、いいわ。あててごらん」

「ただし当ったら、どうする」

「そうね。ビール二本では、どう?」

「よし、それは妙案だ。では当てるぞ。しかしそうだなあ、いま三つばかり候補があるんだ。社長さん、弁護士さん、外科医さん、この三つなんだが、どれを言ったら、確率が多いかなあ」

「藤浦洸みたいなことを言わないで、……」

「まだ言いはしないよ。これから言うんだ」

「じゃ、ゆっくり言いなさい」

「そう、ゆっくりもして居れん。じゃ、いうよ。その三つの中の、ベンゴシさんだろう」

「そう。どんぴしゃりだわ。ご名答!」

彼女は私の奮闘を祝福するかのように、私の手をとってにぎりしめた。

が、本当に当ったのかどうかは、あやしいものだった。なぜかというと、彼女の手の握り方に、ちょっと口では言えないが、私は嘘のようなものをカンじた。

その時、二人は駅前のすし屋の前まできていた。行きつけの店というほどではないが、

そのすし屋に私が先に立って入ると、

「お二階もあいております」

と顔見知りの女中が言った。

「いや、いいんだ。今日はここにしよう」

と私がツケ台でない方の椅子席に坐ると、彼女も私の前に坐って、

「あたし、お酒がいいわ。残念ながらビールは帳消しの御破算になったんだから、……」

と壁にかかっている定価表を見やった。

彼女が言うまでもなく、昼は暖かだったが、夜は冷えこんで、私も酒の方がよかった。

「お酒を二本と、それからこはだの酢のものか何か……」

と私は急いで注文した。

酒がくると、私はコップでぐいぐい飲んだ。七時間も負け碁をうって、私は疲れていたのだ。早く肩のこりをとりたかった。それと、会所では碁盤という中間物があって、碁盤とにらめっこをしていればよかった。道を歩いている時は、足の運動が気持を楽にしたが、こうして差向かいで女と坐ってみると、私は何だか却って気持が窮屈になった。

恋し合った男女が逢ってみると、話がなくなることがある。あれは逢ったこと自体に、満足感を抱くからであろうが、あれとも違ったへんな窮屈さだった。

どうも気持の平均がとれないので、私は彼女をそっちのけにしたように横を向いて、女

中やすし屋の板前に話しかけた。すると、彼女はその間、神妙な顔つきでテレビを見ていた。時々、口許に微笑をうかべたりするのは、彼女も気持のおき場にこまっているようであった。

「あたし、おすしを頂いてもいい?」

突然のように彼女があまえ声で言って、私の顔をのぞいた。

「どうぞ。しかし飯つぶが腹にはいると、酒の味がまずくなるんだがなあ」

と私が返事をすると、

「ううん、あたしは反対。少しご飯つぶがはいった方が、お酒がおいしくなるの」

と彼女が言った。

「へえ。中国式なんだなあ。だったら、場所をツケ台の方に移動しようか」

「ううん、ここで結構。『板前さん、おすし一人前、おねがい……』あたしは、移動はきらいなのよ。一ばんはじめに坐ってたところが、一ばんいいの。でも、このお酒、とってもおいしいわ。あたし、じゃんじゃんのんでもいい?」

と彼女がまた私の顔をのぞいた。

「いいとも。今夜は、わしがついているから、へべれけに酔ってもいい。酔いつぶれたら、わしがかついで行ってやる」

と私はやっと調子がでてきた。酒がまわってしこりのとれた体を、横向きから正面に戻

すと、

「へーえ、よう言わんわ」

と彼女が頰杖ついて、彼女も酒のまわった眼で、じっと私の眼を見つめた。

「それ、なんのこと？」

私がとぼけると、

「へーんだ。かりにもせよ、淑女を飲食亭におつれ申して、横っちょばかり向いているひと、へーんだわよ」

「しかし、ものには順序ということがあるからなあ。わしは元来が内気な紳士なんだ。だからどこへ行っても、もてたためしがないんだ。宿命というやつかもしれないね」

「宿命って、誰にもあるわよ。あなたの専売ではないわ。ね、ジャンケンをしない？」

と急に妙なことを彼女は言い出した。

「ジャンケンをして、どうするんだ？」

「敗けた方が、ここのお勘定をするのよ」

「なるほど。それはいい思いつきだ。やろう」

と私は意気ごんで立ち上った。

「何回勝負にする？　はじめきちッと回数を、きめておかなくっちゃ」

「そうだなあ。七回勝負ということにしたら、どうかね」

「賛成、イギなし」

彼女も腰掛から立ちあがった。

「ジャンケン、ポン」

「ジャンケン、ポン」

二人はジャンケンをした。しながら私は、テレビの金語楼とターキーの場面が頭にうかんだ。十何人いたすし屋のお客が、一せいにこちらを眺めた。が、もう酒のまわっている私は、ちっとも恥ずかしいとは思わなかった。いや、何だか自分がテレビのタレントにでもなったような、得意ささえ覚えた。その得意な気分がよかったのか、ジャンケンの得点は、私が四、彼女が三、になって、つまり私の頭上に勝利の凱歌があがったのである。

ふと気がつくと、彼女はすしはたべていなかった。飯粒を腹に入れないと、酒の味がまずいと言いながら、まだ一つも食べてはいなかった。

ほこりばかりかぶるのは勿体ないような気がして、すしダライに私が手をのぞけた時、

「あ！」

と彼女がさけんだ。そんなに大きな声ではなかったが、腹の底から響きでるような声だった。彼女の眼はその時、テレビの画面にあったので、私が後ろをふりむくと、テレビはニュースの時間をやっているところだった。

「ねえ、あたしの告白きいてくれる？」

と彼女が興奮した顔で言いだした。

「なんでもきくよ。わしは碁には負けたが、ジャンケンには勝ったんだからな」

「あのね、あたし、これでも女専を出ているのよ。だから昔、女学校の先生を、二、三年したことがあるの」

「ふん、それで……」

「それで、場所ははっきり言えないけれど、あたしは学校を出るとすぐ、ある日本海に面した小さな城下町に赴任して行ったのよ」

「ふん、ふん、それで……」

「それで、その町はとっても淋しい町なの。冬は雪が降るし、一年中で天気のいい日は、数えるほどしかないのよ」

「そう、そう。そう言えば今年も裏日本は豪雪で、家がつぶれたり、死人が出たりして、大変だったというからなあ」

「あんまり、合の手はいれないで。この話は現在のことではなく、二十年も前の話なんだから。それであたし、その町にある中学校の生徒に恋をしたのよ」

「向うは何年生？」

「五年生だった。五年生の二学期で、本当は中学生は、通学生のほかは、全部寄宿舎にはいるのが規則だったんだけれど、その生徒は二学期の中頃、医者の診断書か何か出して、特別のはからいで、私の下宿にやってきたのよ」

「よくあることだ。明治大正時代の恋は、たいてい下宿屋で始まったからなあ」

「ところが、あたしの恋のそもそもの動機は、下宿屋そのものではなかったの」

「じゃ、どこだ?」

「女学校の職員室なの。そうら、むずかしくなったでしょ。ある日、あたしが午前中の授業をすまして、おなかをペコペコにして職員室にとびこんで、お弁当をぱくついていたのよ。田舎の町で女学校の先生をしていると、お弁当をたべることだけが人生無上の愉しみのようなことになるのよ。ぱっとアルミの弁当箱の蓋をあけて、今日のオカズは何だろうかと、一瞥する時の愉しみが、田舎における唯一のスリルみたいなもんよ。ところが、その日はあたしの大好きな卵焼がはいっていたので、大喜びでお弁当をぱくついていたんだけれど、凡そ三分の一ほど食べた時、あたしはっとしたの」

「なにを?」

「そのお弁当箱、あたしのじゃなかったのよ。ほかの先生のと間違えたのかと思って、あたしは最初、職員室を見廻してみたんだけど、ほかの先生がたも無言の行みたいに一所懸命、弁当をぱくついているじゃないの。で、あたしそっと風呂敷をしらべてみると、ちゃんと、あたしの風呂敷じゃないの。そうなると推理範囲は縮小して、ははあ、下宿屋の小母さん、あの中学生の弁当箱とあたしの弁当箱を間違えたんだな、とわかってきたのよ。

その素人下宿で、下宿人はあたしとその中学生と二人きりだったのだから、もうあたしの推理に間違いはなくなってきたのよ」

「ふん、ふん」

「で、あたし、そうと判ると、その弁当箱が何だか汚ならしくなって、お弁当たべるのをよそうかと思ったんだけれど、でも人間の生理って、腹ぺこには弱いのよ。早くたべれば汚ないのは忘れると思って、あとの三分の二は一瀉《いっしゃ》千里のスピードで、ぱくぱく咽喉の中にかきこんでやったのよ。そうしたところ、あとになって、その中学生の顔にぶつぶつ吹き出しているニキビが眼の前にうかんで、あたしそのニキビもつぶして食べたような錯覚がおきて、急に嘔吐を催してきたので、そっと便所に行って、指を咽喉の奥に突っ込んで、食べたものをみんな吐き出してやったのよ」

「ふん、ふん、勿体ない話だが、若い女性の気持はそんなものかなあ」

「ところが、あたし、それからだんだん、その中学生が恋しくなってきたの。昼間はそんなでもないけれど、夜になってひとりで寝ていると、その中学生のそばに行きたくて仕様がなくなったの。あれ、なんというのかしら。お弁当箱にくっついていた中学生のニオイのようなものがあたしの鼻をくすぐって、あたしの肉体を中学生が呼びよせているような気がしてならないのよ。で、とうとう、或る晩、何か夢でもみているような気持で、中学生の部屋におしかけて、

『あたしの炬燵、火が消えて、寒くて仕様がないわ。こんな夜更けに、小母さんを起すのも気の毒だから、あんた、あたしの体があったまるまで、ちょっと炬燵にいれてね』

とかなんとかいって、中学生の布団の中にもぐり込んじゃったのよ」

「ふん、ふん、それから……」

「それからって、そのあとは、大同小異よ。あたしのバージンを中学生にプレゼントしてしまったのよ。あっけないバージンだったけれど、でもあたし、針の先ほども後悔はしなかった」

「当り前だよ。自分の方からおしかけておいて、後悔するだのしないだの、理屈がとおらない」

「でもあたし、しんどかった。もしもそのことがばれたら、当時の中学生は退校になるのに決っているじゃないの。だからあたし、我慢に我慢をかさねて、三回ぐらいでうちどめにしたの。というのも実は、丁度工合よく、三学期のはじめから、あたし、女学校の寄宿舎の舎監に任命されたので、何のこだわりもなく、その下宿屋を出ることができたので、そのあとは水を流したようにさっぱりと綺麗だったのよ」

「で、その後、その中学生の消息は、全然不明なのかい」

「ところが長いこと不明だったんだけど、最近になって分ってきたの。さっき、あたしが、あのテレビを見ていて、あッと叫んだでしょ」

「へえ。じゃあ、その中学生がいまは、テレビのタレントにでもなっているの？」

「タレントというのとは少し違うと思うけど、はっきり言うと、国会議員さんよ。さっきのテレ・ニュースで大臣を質問ぜめにして、ぎゅうぎゅうやっつけてた男があったでしょ。あの男よ」

「ふーん。わしはあいにく、後ろ向きだから、見えなかったが、……何という代議士？」

「それは言えない。いまの話だって、あたし生れて初めてひとにしたんだもの。だから、この話、ひとにしゃべっては嫌よ」

「しゃべりはしないさ。しゃべる相手もないもの。おのぞみならば、指切りをしておいてもいい」

二人は指を出し合って、小指と小指とひっぱり合った。

十二時前、すし屋を出て、私は彼女を駅まで送った。心の中で、彼女がキップを買うとき、どこまで買うか、盗みぎきしてやろうとモクろんでいたが、それは失敗に終った。彼女は自動販売機に硬貨をつっこんで、キップを手にすると、

「では、またね」

と改札口の人込みの中に消えて行ったのである。

あくる日から私は散歩にせい出した。

「お早く、おかえりなさいね。夜になると寒いから。お酒は家《うち》で買っておきますよ」

老妻が言うようになった。一日にして彼女の心境は変化したのだ。

おっかけるように、

「散歩って、あなたの年齢では、一時間くらいが、一番適当なのよ」

と自分のことは棚にあげて、言うこともあった。

でも、私は散歩のついでに碁会所に行くと、十時のカンバンまでは頑張った。むろん好敵手の七浦夫人を待ちうけるためであったが、彼女はあくる日も、そのあくる日も、またその次の日も、姿を見せなかった。

そして今日は五日目になるわけだが、今日も彼女は姿を見せなかった。

若い学生君にこてんこてんにやっつけられたあと、寒い二月の夜を、青白い月の光をあびて郊外の自宅に帰りながら、

「また、明日と言う日もあらあ」

と私は思った。風邪でも歯痛でも、たいてい、一週間すれば直るものである。

「明日は、また明日だ」

明日のことを誰が知っているものがあろう。それは丁度、弁当箱のオカズに何が入っているのか、あけてみるまではわからないようなものだ。わかっていれば、かえって興ざめというものだ。

「明日は、また、明日だ」

と私は青白い月を仰いでつぶやいた。

七人の乙女

一

蒸《ふけ》の湯温泉から後生掛《ごしょがけ》温泉までは、二キロあるかなしかの近距離であった。両者とも案内パンフレットによれば、標高一一〇〇メートルと出ているが、正介が乗ったジープは降り加減に山道をさがったので、正確には後生掛の方が少し低位置にあるのかも知れなかった。

ところがこの蒸の湯温泉にも後生掛温泉にも、宿屋は一軒ずつしかないのである。その一軒の宿屋——後生掛温泉の望雲館が右手に見えてジープが県道に止った時、正介は財布をなくしているのに気づいた。車内では動作が窮屈なので、下車して洋服のポケットと外套のポケットと、全部さがしてみたがなかった。

「運転手さん、どうやら僕は蒸の湯に財布を忘れて来たらしいよ」

正介があわてている理由をそう説明すると、

「ではそこの望雲館から電話をかけてみましょう」

短軀赭顔《たんくしゃがん》の若い運転手は、ひとりでそう決めて歩き出した。

平坦な道を五、六分歩いて木造の粗末な旅館に着くと、主婦らしい女が一人いる帳場にあがって、運転手は電話機を耳にあてがった。

数語会話して、後ろをふりかえり、

「いま、女中が客室をさがしていますからね」

運転手が土間につっ立っている正介に言った。

とかく近頃忘れ物をしやすくなった正介は、宿屋を出がけに座蒲団の下も乱れ籠の中も念入りに調べて来ていたので、客室に忘れている筈はなかった。忘れたとすれば、昨日の夕方宿屋の廊下の土産物売場でコンセン様を買った時にちがいなかった。コンセンというのは、漢字で書くと金精または金勢と書く。あとからつけた当字《あてじ》かもしれないが、この蒸の湯は子宝の湯として著名で、子宝の元は男根であるから、男根の木彫を土産物にして売っているのであった。

「どうかね、男と女とでは、どちらがよく買うかね」

正介は取材で来ていたので、研究のために一個だけ買って女の売り子にそう訊くと、

「さあ、……私はまだ日が浅いもんですから、……でも男のひとの方が断然多いようです」

と売り子が言った。

「男が買って女にやるんだろうかね」

「さあ、それはこちらでは分りません」

そういう会話をしている時、正介は財布を左の手に握っていた記憶があった。それから他の物品を手に取って品定めしている時、コンセン様は懐ろに入れ、財布を物品の上に置いた記憶がよみがえった。結局他の物品は買わないで食堂へ入って行ったのであるが、財布もその時そこに置き忘れたものらしかった。

正介はその時から言えば二年七ヵ月ほど前、或る奇妙なことから右の手の怪我をして、その怪我がまだ癒りきっていなかった。いつも厭な鈍痛が残っていて、手が痛いということは頭が痛いということでもあった。いつも頭がきりきりして脳神経が薄ぼんやりしているので、そういう肉体的のマイナスが財布を忘れさす原因にもなったものらしかった。

「やはり、ないそうですよ。女中が客室を隅から隅までよく調べてくれたそうですけれど」

運転手が土間におりて来ながら言った。

「いや、なければそれでいいんだ。小銭入れの財布だから、中身は千円そこそこの小額だから、何もあんなにあわてふためくことはなかったんだ。……いや、色々とどうもありがとう」

「でも、いくら千円そこそこでも、無くなったものは癪だからなあ」

「そう、それはそうに違いないけれど、原因はまた別なところにあるんだ。ずいぶん白髪がふえたもんだなあ」

と正介は土間の壁にかかっていた鏡をのぞいて、

「じゃ、大急ぎで一まわりして来るから、君はここで待っていて呉れね。置いてきぼりを食わせないようにたのむぜ」

正介が冗談にまぎらして玄関を出ようとすると、

「旦那、その靴では泥火山行きは無理だね。このゴム靴を借りて行きなさい」

運転手が引き止めて、旅館のゴム靴を借りて呉れた。

正介はこの日、後生掛の見学は予定の中に入っていなかった。蒸の湯を出て、運転手と話をしているうちに、泥火山や大湯沼の話をきいて、それでは寄ってみようかと思いついたのであるから、時間はなるべく倹約しなければならなかった。予定の本命は西南へ約一時間の距離にある玉川温泉にあった。

玄関を出て暫く行くと、正介は数人の娘が旅館の敷地内にしゃがんで、何かしているのに出逢った。立ち止って見ていると、娘たちは地べたに穴を掘って、何か埋め込んだらしかった。埋めた穴の上に、小さな小石をかぶせていた。

「何をしてるのかね」

正介がきくと、

「卵をうめたんです。火山見物に行って戻って来る間に、ゆだっているんです」

と、中の一人がほこらしげに言った。

手についた土をはらって娘たちは歩き出した。細い道へ出て娘たちは一列になった。娘たちは五人であった。年齢は不揃いで、十六、七から二十一、二くらいに見えた。期せずして、若いものから順々に並んだような恰好だった。

「あんたたち、どこから来たの？」

と正介が声をかけてきくと、

「秋田市です」

と、一番後ろにいた赤いセーターを着た女が言った。

道理で美人ぞろいのような気がしたが、これ以上身許しらべをするのは止めにした。正介の推察によれば彼女たちは女子大生でも女子高校生でもなさそうだった。どこかの会社で一緒に働いている女事務員のように見えた。ひょっとしたら事務員というよりも、工員といった方が当っているかも知れなかった。

右手の崖下に小屋を大きくしたような建物が見えたので、正介は何であろうかと寄り道してガラス窓から下をのぞくと、それは浴場だった。男女混浴らしい浴場で、泉質は蒸の湯と同じく酸性硫黄泉のようであった。

誰も他には浴客はいない流し場に盥《たらい》を持ち出して、一人の三十恰好の女が洗濯しているのが見えた。一糸まとわぬ真っ裸だから、白い肌と黒との対照が鮮やかだった。正介は女が上を向くのを待った。待たねば女に申訳ないような気がした。女もこちらを見て正介を認めなければ、それは盗み見も同然だという気がした。けれどもとうとう、洗濯に熱中している女は上を向かなかった。

五人の娘たちの後を追って、川土手まで辿り着くと、そこがオナメ（妾）モトメ（本妻）の名所だった。名所の由来が掲示板を二つ並べて長々と書いてあった。

要約していうと、こういうことになるらしかった。今から二百三十年ほど前、この近くに九兵衛という若者が住んでいた。九兵衛は岩手県久慈の貧農で、ここへ出稼ぎに来て牛の駄送に従事していたが、ある時瀕死の重病にかかって呻吟しているところへ、一人の巡礼女が通りかかって病気の看護をしたのが元になって、二人は結婚した。ところが出稼ぎに出て七年も家に帰らぬ夫を気づかって、本妻が久慈から数十里の道を歩いて出迎えに来て、この有様を見て吃驚仰天した。が、夫からこうならねばならなかった事情を打明けられると、わが身の置き所に窮して、現世はあきらめ、後世に希みをかけて地獄谷に身を投じて自殺した。一方、本妻だと思っていた巡礼も、ひとの亭主を盗んでいた自責の念にかられて、同じ地獄谷に身を投じて自らの命を絶った。それが元でこの地獄谷のことを、それから以後は後生掛というようになったという説明であった。

　その二人の女の嫉妬と執念を表象するかのように、いまもなお、川のまんなかの岩の間から二本の噴き湯が煙をふきあげていた。そのごうごうと鳴るような噴き湯を、正介が娘たちの後ろに立って見物していると、

「おじさん、さっきあそこで、何をしていたの」

　と大きい方から二番目の、青いセーターを着た女が後ろを向いて訊いた。

「風呂をのぞいていたんだよ。女の人が一人、真っ裸で洗濯をしていたが、なかなかこっちを向かないもんで、それで思わず時間を食っちゃったんだ」

　と正介がいうと、

「こっちを向いたら、どうするつもりだったの」

　と大きい方から一番目の、赤いセーターを着た女が言った。

「だって、知らないで見たからには、一言くらいお詫びを言っておくのが礼儀というものだろう。後生掛くんだりまで来て、女風呂をのぞいたなんて言われるのは、男として名折れになるからなあ」

　と正介がいうと、

「あんなうまいこと言って、おじさんは九兵衛とおんなじなんだよ」

　と小さい方から二番目の女が口をはさんだので、

「九兵衛とおんなじって、どんなことだ？」

と正介がきくと、

「根がドスケベエなんだよ。じじいのドスケベエって、手がつけられないんだって」

と言ったので、ほかの四人の女がどっと一度に嬌声を発した。

が、正介はちっとも腹は立たなかった。むしろ或る種の光栄を感じた。というのは正介は、近頃とんとその方面はすっかり駄目になっているからであった。

二

川の土手づたいに登って行くと、凡そ十五分くらいで茶屋の前に出た。川は途中で右に曲っていたので、その辺はちょっとした小形の高原のような場所だった。

茶屋の前の十字路に指標が立っていて、五人の女どもは細い道を左へ曲った。指標の説明によると、それが泥火山へ通ずる道だった。

道はやや下り気味で、両側に生えているヒメコマツの背の低い木が可憐であったが、降りるにつれて道は難儀になった。道といっても田圃の畦道ほどの狭い道で、赤土が昨夜の雨にぬかって歩きにくいったらなかった。ゴム長の底が泥にすいついて、足を引っぱり上げるのに、腰骨が折れるような努力を要した。

「おれ、引き返そうかなあ。やはり年寄りの来るところじゃなかったらしいぞ」

正介が本当にそんな気がして悲鳴をあげると、

「おじさん、大丈夫、私たちがついているわ。もしおじさんがへばったら、私たちがおんぶして上げる」

三番目の緑色のセーターを着ているのが言った。

そう言われるだけでも、正介は力を得た。

「そういう君たち、靴をぬいだらどうかね。裸足の方がきっと歩きいいぞ」

正介が言うと、女の子たちはみんな靴をぬいで手にぶらさげた。靴をぬいだついでに靴下もぬいだ。一人だけ靴下だけはぬがないのがいた。それは一番小さい女の子だった。もう一人、靴も靴下もぬがないのが一人いた。正介をドスケベエといった女の子だった。

十五分か二十分くらい歩いて平地に出た。平地は盆地になっていて、そこが泥火山だった。盆地の真ん中に、もう一つ池のような盆地があって、その盆地からぷくぷく泡が出ていた。泡の出ている所が三個所ばかりあった。

正介は青いセーターがステッキがわりに拾って来ていた棒切れを借りて、ゴム長にくっついた赤土を落しながら、

「どうもこのごろ地球も景気がわるいと見えるなあ」

というと、

「あら、どうして?」と青いセーターが汗ばんだ顔を上気させて正介の顔を見た。

「だって、あの泡の吹き方の頼りないことよ。どこかのおばあさんが音のしない屁をこいてるみたいじゃないか」

というと、

「そういわれてみると、本当にそうだわ。お芋さんでもうんと食べさせてやりたいわね」

と青いセーターが正介に調子をあわせた。

調子は合わせたが青いセーターはその風景が気に入っていると見えた。四人の女を並べて写真をとり、二枚目は自分も中に入ってシャッターを切る役目は正介に命じた。しかし正介はその役目が厭ではなかった。レンズの中の五人の乙女の顔が不思議にいきいきして、正介は一種の気持のよい感動を覚えた。途中で引き返さなくてよかったという気がしみじみした。

帰途は指標にしたがって、北へまわった。北は石ころ道で、女たちは足の裏が痛そうであった。が、足が痛いと人間は鶺鴒《せきれい》のようになるものらしかった。石の上をぴょんぴょん飛ぶようにして歩くので、正介はともすると女たちから遅れた。道は上り坂になっていて、咽喉の奥がぜいぜい鳴って、息切れが甚だしかった。

約十五分ほどで大湯沼に着いた。大湯沼は読んで字の如く、大きな湯の沼であった。広さは不忍池とどっこいどっこいで、一方を杉林にかこまれた池は、池の底から噴出している湯が池の表面に濛々と湯気をたてていても、ちっとも温かい気がせず、何となく無気味な存在だった。水の色も緑と茶と白とをかきまぜたようなへんな色で、色気のないことおびただしかった。

　女たちもそう思ったらしく、見物は早々に切り上げたので、正介も女たちに従った。禿山の上にヒメコマツの短い木が生えた間を通って行くと、前方に先刻の茶屋が見えて来た。禿山の上を行く女たちが両手にぶらさげている靴が何となく奇異に見えた。ズボンを膝までたくりあげている光景も、禿山の上では何となくあたりの風景と調和しなかった。

　正介は茶屋まで辿り着くと、煙草のしんせいを一個買った。茶屋には誰もお客はいなかった。火をつけて、外に出た途端、

「こんにちは」

　と正介は若い二人づれの女に陽気な声をかけられた。

「こんにちは」と正介は返事をしたが、急にはそれが誰であるか思い出せなかった。

「もう、泥火山の方はおすませなんですか」

　と目のぱっちりした方に訊かれて、

「ああ、すませた。あんたたちは、これから？」

　と言って、やっと思い出した。

　それは昨夜蒸の湯ホテルの食堂で逢った女だった。

　昨日、正介が八幡平《はちまんたい》駅を経て蒸の湯に到着したのは、夕方近くであったが、蒸の湯はそ

の時霰《あられ》が降っていた。着く早々、正介はゴム靴と傘を借りて、散歩というよりも見学に出た。目ざすは谷底の方にあるオンドル小屋が第一の目標であったが、ついでにコンセン大明神にも参拝して、子宝にめぐまれない若い女が心をこめて奉納している男根のかずかずも見た。男根は大きいほど霊験あらたかに思われるのは人情のようで、一尺から一尺五寸の大物が、競うが如くに拝殿の中に肩をならべていた。寝かすと効果が少ないのか、大物は皆起立させてあった。

ホテルに戻った正介は、風呂よりも先に食事をえらんだ。二階から一階におり、土産物売場でコンセン様を一個買って食堂に行くと、食堂の一番隅っこに腰をおろした。隅をえらんだわけではなく、そこに正介の部屋番号の札が立てかけてあったからであった。

日本酒を一ぱいやっていい気分になりかけている時、隣の席に二人の娘が来て差し向いに腰かけた。風呂からあがったばかりの顔がてらてらして清潔ないい感じだった。正介は話相手ほしさに話しかけてみた。

「あんたたち、お部屋は二階？」と正介がきくと、

「いいえ、三階の三号室です」と向う側の目の細い方が言った。

「ああ、そうか。それで二階と三階の三号室を並べているんだな」と正介がはじめて納得がいったように言うと、

「あら、そうかしら。でも、必ずしもそうでもないらしいわ」

とこちら側の目のぱっちりした方が、食堂の空席を見わたして言った。

そこへ中学生のようなモンぺばきの女給仕が、二人の女の食膳をはこんで来た。と同時に、二十人近くの女ばかりの団体客が入って来たので、疑問はおのずから氷解した。女はお婆さんばかりで、平均年齢は六十二、三歳くらいに見受けられた。と言えば、大体正介と同年齢といってもよかった。

「あのひとたち、東京北区の老人クラブのひとだそうです」

目の細い方が正介に言った。

「北区といえば、ぼくは隣の区だよ。へんな所でへんなモノに逢うもんだなあ」

「あら、どうしてですか」

「だって、あんたたちのお母さんは、もっとお若いでしょう」

「はい、私の母は四十三です」

「私の母は、七」

二人の娘がつづけて言った。おそろしく素直な女の子のように思えた。

「すると、あんたたちは、まだ学生さん?」

「いいえ、私たちは二人とも、丸ノ内の繊維会社に勤めているBGです」

目の細い方がなめこの汁をおいしそうにすすりながら言った。

「そうすると、会社の方はズル休みして?」

と正介がからかうようにいうと、

「いいえ、ズル休みなんかしません。今日は老人の日で、明日はちゃんと休暇を取って来てあるんです」

目のぱっちりした方が言った。

「いやあ、これはどうも失礼。そうすると、東京はいつ出発したの？」

「上野発が昨夜の十時の北星号でした。盛岡から鈍行に乗り換えて大更《おおぶけ》まで来て、大更からはバスで御在所《ございしょ》温泉まで行って、それから奥羽山脈をこえてこちらへ降りたんです」

「女でもやるもんだなあ。実は僕は上野を出発したのが、あんた達よりまる一昼夜早かったわけだが、今日のお昼すぎまで僕はその御在所温泉にいてビールを飲んでいたんだ。御在所温泉は雨が降っていたでしょう？」

「ええ、だから本当はつまらなかったんです。折角の山越えも、ちっとも視界がきかないもんだから、霧ばかり見て来たようなものなんです」

「霧だって見たのはトクじゃないか。霧のほかにはどんなものが見えた？」

「リンドウの花が山の上の平地に一ぱい咲いて、とても綺麗でした」

「そうれごらん。リンドウの花は山の上へ行くほど綺麗な花を咲かせるんだそうだ。僕ももし御在所温泉であんた達に逢っていたら、一本摘んで来てもらうところだったなあ。今日の老人の日のよき記念に……」

「でも、おじさんはまだそんなお年寄りだとは思わないわ。万一、たのまれたとしても、あんなひどいぬかるみ道じゃ、摘んで来られたかどうか怪しいもんだわ」

と、目のぱっちりした方が、山の上を心の中に描き出すように言った。

そして彼女たちの食事は、正介がまだ飯にしない前に終った。終ったものを引きとめておく才覚はなかった。彼女たちが食堂を出て行くと、正介は北区のおばあさん達を話相手に酒をのみつづけたが、中途でどかんと酔ってしまった。いつ婆さん連中が食堂を出たか、どんなにして自分が二階の部屋に戻ったかよくは覚えないほどだった。

三

しかし酒に酔っていたから、二人の彼女たちの顔を忘れていたというのは、筋がとおらなかった。老人は思い出すまでに、ちょっと時間が必要なのである。それもあるが、いちばんいけないのは、彼女たちが昨夜の身なりと装具を全然かえていることだった。昨夜はいうまでもなく、彼女たちは宿のどてらにウールの茶羽織をひっかけたスマートさが素敵であったが、今日は二人とも真紅の登山服を身につけているのが、また別の素敵さであった。身なりの変動が甚だしすぎたのである。

「それにしても妙なところで逢うんだなあ。実をいうと、僕はちょっと戸惑ったなあ」

正介は正直に言った。心の中のあわてぶりを、彼女たちにもう見ぬかれてしまっているような気がしたからであった。

「私たちはさっきから、おじさんがこの茶屋にはいられる前から分っていました。こんなにしてひょっこり、別な所で人を見つけるのが、私たちのタノシミなんです」

目の細い方が、一そう目を細めて言った。

「おじいさんではタノシミの中にも入らないだろうが、あんたたちは今日はこれからどんなご予定？」

「この後生掛を見たら、バスで八幡平駅へ出て、それからまっすぐ東京へ帰ります。……おじさんは？」

目のぱっちりした方が言った。

「ぼくはもう一つ、玉川温泉が残っているんだ。なろうことなら、あんたたちと一緒に東京に帰りたいところなんだけれど」

「………」

二人はにやにやするだけで答えなかった。

雨がぽつぽつ落ちて来た。時雨とも夕立ともちがう、山岳特有のまばらな雨だった。

正介は下の方に目をやると、五人の女たちが川の土手を駆け出しているのが見えた。駆けながら一人が後ろを向いて正介に手をふった。早く帰らねば濡れてしまうぞと言っているようでもあり、そんな所でお前は何をしてるのかとなじっているようでもあった。

「じゃ、行ってらっしゃい。また東京で、今日のように偶然逢うことにしましょう」

正介が煙草をすててそういうと、

「はい」

「では、おじさんもお元気でね」

二人の娘は背中一ぱいにかついでいるリュックを肩に持ちあげ、登山靴を鳴らして泥火山のある細道の方へはいって行った。

ひとりで旅館までたどり着いた時、雨はやんでいた。運転手は土間の上り框《かまち》に腰かけ、漫画雑誌に読みふけっていたので、正介は借りたゴム長を靴にはきかえ、

「お礼にいくら置いたらいいかね」と小声できくと、

「…………」

いらぬいらぬと運転手は手を振った。

それでは絵葉書でも買って気持のつぐないにしようと、

「おかみさん、絵葉書があったら頂きたいんですが」

とガラス戸の中の帳場に坐っている主婦に声をかけると、

「あいにく絵葉書はきらしているんですけれど、かわりにこれでも御覧になってください」

と美濃紙大の洋紙を二つ折りにした観光案内を持ってきてくれた。

お礼を言って外に出ると、玄関と対した鶏小屋の前に、山から引いて来ているらしい水道と、コンクリートの洗い場が見えた。洗い場は半坪もないほどの小さいものだが、その中に黒い小石がいっぱい敷いてあった。

鶏小屋の金網は男竹で支えられて、その不揃いの男竹の先端に女靴が逆さにして干されてあった。数えてみると十で、そうしてみると、頑固に靴をぬがなかった女の子も、結果は同じようなものだったということらしかった。

右へまがって、県道に通じる道に出た。出てしばらく行くと、

「おじさん、おじさん」

と甲高くよぶ女の声がしたので、声の方に顔を向けると、それは先刻の五人の女たちが旅館の裏二階から顔を出して、正介をよんでいる声であった。

「おじさん、卵がゆだったわよ」

「ここまで取りにおいで」

かん高い声が正介を喚んだ。

正介は取りに行くことにした。畑とも原ともつかぬ空地をよぎって百メートルあまり、彼女たちの部屋の下まで行くと、あいにく下には一条の小溝が流れていて、正介の接近をさまたげた。桜の木に似た木が一本枝をひろげているのも妨げの輪をかけた。

「いいよ。投げてくれ」

正介が立ったまま野球のキャッチャーのポーズを取ると、上でピッチャーが立ちあがった。ピッチャーは黄色いセーターを着た子で、山まわりの間中、終始沈黙がちで、正介とは一番なじみの薄い子だった。しかしピッチャーをかって出ているところからすれば、卵を正介にやろうと考えついたのは、ほかならぬ彼女の発議《ほつぎ》によるのかも知れなかった。

黄色いセーターは右手を高く差しあげたが、思い直して両の掌に卵を抱えこんだ。抱えこんだ卵を、バレーボールの要領で、前方へすくうように投げると、ゆっくりした抛物線《ほうぶつせん》を描いて卵が溝をわたった。

しかし渡ったと思ったのは束の間、卵はカーブをきって溝の中に落ちそうになった。無我夢中、足のすべるのも忘れて溝に乗り出し、正介が身をくねらせてやっと卵をつかみ取った時、

「わあっ」

と上から歓声があがった。

「どうもありがとう。この卵は何か病気にでも効くのかね」

正介が上へ向って喘ぎ喘ぎいうと、

「男の人は疝気《せんき》の妙薬なんです」

と一人が答えたので、またわあっと歓声があがった。

十歩ばかり歩いて、草の中の水溜りをさけようとして正介はよろめいた。よろめいて尻餅をつきそうになったので、夢中で片足をふんばって平衡を保つと、またわあっと歓声があがった。

県道まで戻ってジープに乗り、右手をふりむくと、女たちはまだ窓にもたれて、手を振っているのが見えた。遠くから見ると、燕の子が巣からのぞいて、ぴいちくぴいちくさえずっている姿のような印象だった。

正介も車の中から手をふった。が、それは向うには見えないようであった。

ジープが動き出してしばらくして、正介は先刻高原の茶屋で買ったばかりの煙草を、旅館の上り框に忘れて来ているのに気づいた。しゃがんで靴をはきかえる時、外套のポケットからころげ出たので、上り框に置いた記憶がはっきりあった。財布の時ほど狼狽はしなかったが、くやしくじれったい気持に多寡はなかった。

「運転手さん、また忘れたよ。こんどは煙草だ。掏摸《すり》のベテランは頭よりも先に手が出るものなんだそうだが、おれの手は丁度あの反対なんだなあ」

と自嘲すると、

「ああ、それはわしも見ました。望雲館の上り框でしょう。……取りに戻りますか」

と運転手は車のスピードを落したが、本当は面倒くささの方が先に立っている様子だった。

「いや、その必要はない。ゴム長靴のお礼になっていいや。そのかわり途中で煙草屋があったら、止めてもらいたいね」

　というと、

「煙草屋は玉川まで一軒もないね。車は山の中ばかり行くんだから」

　と運転手が言った。

　正介は外套のポケットから卵を取り出した。受取った時から知っていたが、卵は殻の色が異様だった。ゆでたという感じではなく、地熱でこがしたという感じだった。そのこげ方も狐色のほんのりしたものではなく、化学薬品のコールタールでもぬりたくったような、へんに薄気味のわるい感じのものだった。だからこそ正介はあの時、これは何かの薬になるかと女の子にきいたのである。

　だが皮をむくと、普通のゆで卵とちっとも変らぬ白身が出た。薄気味のわるいのは外の殻だけだった。

「運転手さん、半分あげようか」

　と正介がいうと、

「いや、わしはいい」

　と運転手がいった。

「娘たちはこれは疝気の薬だといっていたが、本当だろうか」

ときくと、

「さあ、どんなものかね。婦人病にも効くというけれど」

と運転手が言った。

正介が煙草がわりにゆっくり卵を食べおわった時、山はまた雨になった。雨の中をジープが湯田又川の清流をわたった時、左手のブナ林の中につぶらな赤い実をつけた落葉樹が一本見えた。

「あ、あれ、ナナカマドじゃない？　一枝ほしいなあ」

と叫ぶように正介がいうと、ジープがブレーキをかけてぴたりと止った。

正介は咄嗟ながら、ナナカマドの実を東京まで持ちかえりたい衝動にかられたのである。ナナカマドの赤い実は山で逢った娘たちとの、何よりの記念になるように思われてならなかった。性をなくした男のはかない衝動かも知れないが、性をなくした男には性をなくした男でなくては味わえぬ何ものかがあってもよい筈だった。正介は味おうて来た。昨夜逢った二人の女の子と今日逢った五人の女の子が、それを味わわせてくれた。

「取って来ましょうか」

運転手が言った。

「たのむ。一枝でいいんだ。記念にしたいんだから」

力強くいうと、運転手は車から出て、ブナの林の中に入って行った。雨の中の笹叢《ささむら》をわけて行くのが難儀そうだったが、やっと辿りついて運転手はナナカマドの木の下に立った。が、人間が立ってみると、ナナカマドの木は思いのほか背が高かった。運転手は手をのばして、枝に手をかけようとしたが、手がとどかなかった。

「いいよ。届かなければいいよ」

正介があきらめてそう叫ぶと、運転手は雑木の中に姿をかくした。しばらく雨の降る静かなしんとした風景だけが、其処にあった。運転手は遠まわりして道の方へ戻っているのかと正介は思った。が、その瞬間、熊のような動物が雑木の間からおどり出た。

「あッ」

と正介は思わず息をのんだ。が、それは正介の錯覚で熊ではなかった。しゃがんで靴をぬいでいたらしい運転手が、裸足でナナカマドの幹によじ登った。よじ登った運転手は或る一本の枝に足をかけ、ナナカマドの実を取ろうとしたが、実は枝の先端にあって手が届かなかった。

「もういいよ。怪我をしたら大変だ。おりてくれ」

正介が叱るように叫ぶと、運転手は一度はおりるかに見えたが、おりると見せかけて、一番下の枝を一本つかまえて、軽業師のように宙にぶらさがった。ぶらさがった枝を、自らの体重でゆさゆさ揺すること数度、

「ぺきッ」

と枝の裂ける音がして、もう一度雑木の中に姿をかくした。

やがて二メートルはあろう大きな枝を肩にかついだ運転手が、笹叢の中からのこのこと出てきた。一瞬、正介はもう一度、熊が出て来たかのような錯覚を覚えた。事実それは熊がサケをかついで帰る光景にそっくりであった。背中をひんまげて運転手のかついでいるナナカマドの枝が、実を金色にひからせて、正介の方へ近づいた。

文庫本一冊

解説

岩阪恵子

木山捷平の著作はこれまでに講談社文芸文庫から十冊が刊行されており、本書は十一冊目となるもので、他の作家とくらべても断然多いほうである。かつて木山氏は「あの男はついに雑文屋で終ったと世間から言われないように、せめてどこの出版社でもいいから文庫本に入れて貰えるような作品を一冊でもいいから残して死にたいものだ」という感慨をある作品のなかで洩らしていたものだった。生前決して華々しい作家とはいえなかったし、それほどたくさん本が売れたようにも思われないから、文芸文庫の十一冊というのはまことに快挙である。

吉本隆明は木山捷平の詩について「この詩人の高くも低くもない言葉の音域に好意を感じないでいられなかった」と記していたが、詩のみならず小説においても同じことは言えよう。そしておそらくそんなところに多くの読者がひき寄せられてきた理由のひとつがあるだろう。小難しい理屈や人目をひくテーマや気取った表現を離れても、身近な題材とごくありふれた言葉で文学として成立する作品は書けるはずであって、文庫本一冊と書いた木山氏もそのことは充分自負していたはずである。

木山捷平はその文学の出発を詩から始め、『野』と『メクラとチンバ』という二冊の詩集を刊行したあと小説に転じたが、六十四歳で亡くなるまで分量は減ったものの細々と詩作を続けた。詩は、なにより彼の魂を支えつづけるものであった。その詩について語ることと小説について語ることとは、木山氏の場合、ことさら別な言葉を要しない。

たとえば本集に収録されている十一の短篇に底流しているのは、おおまかに言えば二十一歳のときに書かれた「妙な墓参」という詩から受ける感じと同じものと言っていいだろう。

十八で死んだ処女の墓に参つた。
話したこともなく
したしかつたのでもなく
恋してゐたのでもないけれど――
山からの帰るさ
つい墓に出て

そつと野菊をそなへた。
そしたらその女が妙に
愛人のやうに思はれて来た。
秋の陽はやはらかに照つて
へんにたのしく
へんにさびしかつた。

親しかったわけでもないけれどなんとなく墓に参って野菊を供えてみた。その行為がそもそも木山氏的である。その行為によって死んだ少女が自分の恋人ででもあったかのように錯覚されだした。これも木山氏らしい。錯覚はいっとき彼の心を明るく彩るが、錯覚であるがゆえにやがて心は虚ろにならざるをえない。この詩の場合は実体のない少年少女の恋心に焦点があてられているわけだが、細部がきちんと書きこまれた小説のなかの男女においても、このような一種の淡さは木山氏の作品にしばしば見られるものである。
「猫柳」は三十六歳のときの作品だが、小説を書き始めてまだ七年ほどの、うだつのあがらない日々を送っていた「私」と友人とその細君について書かれたものである。友人はやがて変わり映えもせず不器用な「私」を置いて、満洲の新聞社に職を見つけ単身赴任して

木山捷平、両親とともに（５歳の頃）

いく。が、三年後思いもかけず彼の細君の死の通知がもたらされると、それをきっかけに「私」は友人の細君の面影を懐かしく思い出しはじめるのである。たとえば友人が満洲へ行って二年が経ったころ、貸間探しで町を彷徨していた「私」は、友人の家を偶然見つける。夫のいない家を守ってひっそりと暮らしているらしい細君の様子を想像し、ついで板垣からはみ出ている猫柳のやさしい枝ぶりにそんな彼女を重ねると、思わず一枝折って持ち帰ってしまったというのだ。……ここには筋立もドラマもない。友人をとおして眺めたひとりの女への好意がつつましすぎるほどのやり方で述べられているだけである。「いくらか小柄で、山陰地方によくある色白細面の、秋の時雨を思わせるような、一見さびしげでいてしかもしみじみと明るい顔」と描された友人の細君の横顔は、木山氏が愛したひとつの女の典型といってよく、本集では「落葉」のなかの由利という男の妻がそうだし、「回転窓」のなかの草野というう若い女の教師がそうだろう。

木山捷平の文学を語るうえで避けて通れないのが若いころの父との確執、岡山県笠岡市にあるふるさとへの思い、そして満洲での戦中・戦後の体験だろう。これらは詩、小説、随筆に書かれつづけている。

「村の挿話」は、三十歳のときに書かれた「帰村記」が六年後に改題され、最終的にこの表題となったものだが、二十歳前後の、木山氏が父に背いて東京へ出たものの病気になってふるさとへ帰らざるをえなくなった体験が下敷きになっているのではないかと思われる。小説では帰郷した息子の長い髪を苦々しく思う父に替り、母が「大本教でなけりゃ、社会主義のようじゃで」と、大正時代末の風潮を象徴するような言葉を用いて髪を切るようさとす場面があるが、実際にも木山氏はうらぶれて故郷へ帰る二十一歳のとき、「若し長い髪でもして帰るとかしたら、打ち殺してしまふぞ」という厳しい手紙を父から貰っているのである。ただ小説は表題が変わったように内容にも幾度か手が加えられたのだろう。「挿話」にふさわしいものになっている。

ふるさとで過ごした子供のころを回想するかたちで書かれているのが「回転窓」である。木山氏の晩年に書きはじめられ、未完に終った「わが半生記」にも「女の先生」という章があり、若い新任の女性教師と回転窓にかかわるエピソードが記されているけれども、小説では現在と過去という時間の奥行きを与えられ、人物および人間関係がより生き生きと描かれている。

夫婦で寝物語に子供のころの「お話」をしあうという「口婚」は、冒頭にも「フィクションのようなもの」とあるとおり、夫婦がてんでに大正時代の田舎に暮らした男の子と女の子の、ほんの少しエロチックで野趣に富んだ作り話をする面白さがみられる。ここには木山氏自身が深い愛着をいだいていたという最初期の傑作「うけとり」の抒情性に通じるものがあるようだ。

昭和十九年十二月、木山捷平は四十歳のとき満洲の新京（長春）へ出かけて行く。そして二十一年八月に引揚げ船で佐世保に戻ってくるまでその地に留まることを余儀なくされる。二十年八月に日本が戦争に敗れたあとは、敗戦国の難民としてどん底の一年を過ごさねばならなくなったが、その苦しい体験が『大陸の細道』『長春五馬路』のすぐれた長篇小説を生み、その他たくさんの好短篇を生み出したのである。

「男の約束」は、敗戦国民の一員として引揚げを待ちながら白酒の行商、ボロ屋などをやって飢えと寒さをしのいでいたころを思い出して書かれたうちの一篇である。もともとの木山氏の資質もあったろうが、当時の生活が悲惨なものであればあるほど、表現されるとき、それは事実とは逆に一種の軽みをおびることとなった。同じ宿屋に暮らす北満から逃げてきた半後家（女たちの夫は徴集されていていないので、木山氏はこのように表わしている）のひとりとたまたま一夜をともにするという小説の落ちだが、二人のやりとりにおかしさはあっても嫌らしさはない。

河盛好蔵は木山捷平の人と文学に並々ならぬ愛着をもっていたひとだが、最初に会ったときの印象を「大へんに用心深い人という感じ」と言い、彼のユーモアは「この用心深さから」きているとも言う。そして「木山君は一見飄々乎としたところがあり、同君の人と作品の魅力になっているが、本質は、人生に対しても、文学に対しても執拗に食い下った文学者であると私は考えている」と深い理解を示している。

木山捷平の後半生の年譜において目立つのは、引揚げ後数年間の心身不調、四十九歳のときの右人差指ケガ、五十六歳のときのオートバイとの衝突事故、六十歳のときの右薬指ケガである。オートバイ事故では足の骨を折り二ヵ月入院しており、二度の手の指のケガは大ケガではないもののどちらもしつこく続く痛みのために執筆に支障をきたすほどのものであった。

最初の指のケガをしたのが細君の留守中だったという書き出しで始まる「留守の間」では、今また細君が留守にしていることから、なにか失敗をしでかしそうな気がしてならない作者そのひとらしき正介が主人公である。人差指のケガのとき治療のために甲州の山中の温泉場に出かけたときの様子もここに描かれている。もっとも本集にはその温泉場の名を冠した「増富鉱泉」も収録されており、読みようによってはこの作品は続篇ともいえる。「留守の間」には、一目で田舎から出てきたとわかる愛嬌のある少女が登場するが、この少女と正介の展開が少しも深刻にならずおかしさを湛えているところ、妻の留守中の中年の亭主の所在なさが手にとるように描かれているところ、私小説作家としての木山氏の力が自在に発揮されていて、たいへん味わいのある短篇になっている。

木山氏の小説にはいつのころからか氏と細君とのあいだで交わされる会話がしばしばとりあげられるようになり、それが作品のなかで頗る生彩を放ち読者を楽しませている。たいていどの家でもそうだが、子供がある程度大きくなると細君が亭主にたいし遠慮なく物を言うようになるからである。会話は一方的だとつまらないが、打打発止とやりあうとき俄然おもしろくなる。たとえば「回転窓」や「好敵手」の書き出しはその好例だろう。ところでどういうわけか細君以外の女と話をするとき、木山氏の舌はいささか勢いに欠けるようにも思われるが、どうだろうか。

さて二度目の手のケガとなる右薬指の事故は木山氏六十歳のときに起き、そのケガのせいで「いつも厭な鈍痛が残っていて、手が痛いということは頭が痛いということでもあった」と「七人の乙女」のなかには記されている。本集では最晩年のものとなるこの作品は、秋田県の八幡平、蒸の湯温泉、後生掛温泉を取材で訪れたときに材がとられているが、ちなみにそのあと玉川温泉でも取材しており、それは「ななかまど」という短篇になっている。

「七人の乙女」は、蒸の湯と後生掛で知りあったそれぞれ二人と五人の若い女たちを意味する。彼女らも旅行者で、たまたま途中で出会いいくらか話をしたというほどの旅仲間にすぎない。ただ彼女らは十代後半から二十代の素直で活発な娘たちで、作者らしい正介はすでに六十二歳になっているのだった。そのせいか娘たちとのやりとりにもどことなくさびしさが漂う。いつもほどの元気が無いのである。五人組の娘たちが温泉場の土に埋めた卵がゆだったからと言って正介にくれようとし、それを辛うじて受け取ってみせるときの文章にはいくらか躍動感があるけれども。出立する彼が振り返ったとき、「女たちはまだ窓にもたれて、手を振っているのが見えた。遠くから見ると、燕の子が巣からのぞいて、ぴいちくぴいちくさえずっている姿のような印象だった」とあるのは、いかにも木山氏らしい比喩である。「燕の子」のような印象の女たちの替わりでもないだろうが、正介はジープで玉川温泉へ行く途中のブナ林のなかにナナカマドの赤い実を見つけ、運転手に頼んで一枝折り取ってもらう。「運転手のかついでいるナナカマドの枝が、実を金色にひからせて、正介の方へ近づいた」というところで小説は終っており、ナナカマドの赤い実が温泉場で知りあった娘たちの溢れるばかりだった生命を象徴しているようにも見え、さびしさの余韻を残して心に残る。

木山捷平（講談社にて）

年譜

木山捷平

一九〇四年（明治三七年）
三月二六日、岡山県小田郡新山村（現・笠岡市山口）に生まれる。五弟二妹の長男。父・静太は村役場収入役をつとめ、漢詩を好んだ。

一九〇九年（明治四二年）　五歳
八月、疫痢で九死に一生を得る。二歳下の弟は同病で急逝。

一九一七年（大正六年）　一三歳
新山小学校高等科から矢《や》掛《かげ》中学に進学。八キロの道を通学。在学中より詩作を始め、高学年のころは「文章倶楽部」他の雑誌に詩、短歌、俳句を樹山宵平の筆名で投稿、入選。同級生とガリ版刷り同人誌「余光」を出す。

一九二二年（大正一一年）　一八歳
三月、同校卒業、早稲田大学文科を志望するが父の許可を得られず、姫路師範学校二部に進学。

一九二三年（大正一二年）　一九歳
四月、兵庫県出石郡弘道小学校に勤務。かたわら詩作に打ちこむ。

一九二五年（大正一四年）　二一歳
東洋大学文化学科入学。赤松月船主宰の詩誌「朝」に参加。同人に佐藤八郎、黄瀛、大木惇夫、吉田一穂、草野心平、大鹿卓らがいた。「万朝報」に詩三篇を発表、はじめて稿料を得る。
一九二七年（昭和二年）　二三歳
病を得て郷里と姫路で療養。個人詩誌「野人」を発行。
一九二九年（昭和四年）　二五歳
ふたたび上京、詩作をつづける。五月、処女詩集『野』を抒情詩社より自費出版。
一九三一年（昭和六年）　二七歳
六月、第二詩集『メクラとチンバ』を天平書院より自費出版。宇野浩二ら出席して出版記念会が開かれる。このころ、草野心平、野長瀬正夫らの詩人と交遊、高村光太郎、林芙美子を知る。一一月、宮崎みさをと結婚。
一九三二年（昭和七年）　二八歳
清瀬保二が詩「メクラとチンバ」に作曲、四月、日本青年館で発表会が行なわれ、夫妻で出席する。
一九三三年（昭和八年）　二九歳
三月、大鹿卓、太宰治、古谷綱武、塩月赳、今官一、新庄嘉章らと同人誌「海豹」創刊、処女小説「出石」を発表。この年、井伏鱒二、蔵原伸二郎、外村繁、尾崎一雄、浅見淵、小田嶽夫、中谷孝雄らの交誼をうける。
一九三四年（昭和九年）　三〇歳
六月、父死去。一二月、伊馬春部、檀一雄、津村信夫、中原中也、山岸外史、小山祐士、今官一、森敦、塩月赳、太宰治らと同人誌「青い花」創刊（翌年、「日本浪曼派」に合流、保田與重郎、亀井勝一郎を知る）。上林暁、青柳瑞穂、田畑修一郎らとの交友始まる。このころより他誌へも小説を発表するようになる。
一九三六年（昭和一一年）　三二歳
四月、阿佐ヶ谷会が初めて開催される。七月、長男・萬里誕生。
一九三九年（昭和一四年）　三五歳
五月、処女創作集『抑制の日』を赤塚書房より刊行。

一九四〇年（昭和一五年）　三六歳
七月、創作集『昔野』をぐろりあ・そさえてより刊行。
一九四一年（昭和一六年）　三七歳
三月、創作集『河骨』を昭森社より刊行。四月、『昔野』『河骨』の出版記念会が催される。一一月、「秋酣けて」が初めてラジオ放送。その後、多くの作品が朗読放送された。
一九四二年（昭和一七年）　三八歳
六月より二ヵ月間、中国北部・東北部を旅行。
一九四四年（昭和一九年）　四〇歳
八月、少年向け書下ろし長篇『和気清麻呂』をみたみ出版より刊行。九月、長男を郷里に疎開させ、一二月、満州国農地開発公社嘱託として新京（長春）に渡る。厳寒に著しく健康を害す。
一九四五年（昭和二〇年）　四一歳
棋本捨三、逸見猶吉、菊地康雄、関合正明らと交遊、同人誌発行を計画するが挫折。八月、現地召集。敗戦により新京で過酷な難民生活を強いられ、辛うじて生命を保つ。
一九四六年（昭和二一年）　四二歳
一月、母・為病没。八月、引揚げ船で佐世保上陸、帰郷。栄養失調のため心身の回復進まず。井伏鱒二、小山祐士、藤原審爾、村上菊一郎らと疎開者同志の会合を楽しむ。
一九五二年（昭和二七年）　四八歳
数年間、再三単身上京を試みるが強度の神経衰弱等のため帰郷をくりかえす。八月、井伏鱒二、河盛好蔵、浅見淵らの発起で「木山捷平を激励する会」開催。一二月、長年の借家生活から練馬区立野町に一三坪余の新居を建て、三年ぶりに妻子同居、生涯の住居とする。
一九五三年（昭和二八年）　四九歳
一月、脳下垂体埋没手術あとが化膿、翌月、再手術。一一月、右人差指を怪我、温泉治療、再手術など数年間、後遺症に苦しむ。庄野潤三、吉行淳之介、安岡章太郎らを知る。文壇将棋大会に初参加。このころより、文芸誌のほか中間小説誌、一般誌への寄稿も多くなる。

一九五六年（昭和三一年）五一歳
囲碁を始め、生涯の趣味となる。

一九五七年（昭和三二年）五三歳
四月、創作集『耳学問』を芸文書院より刊行。

一九五九年（昭和三四年）五五歳
一二月、文壇俳句会に初出席、以後、昭和三九年一一月まで参加する。

一九六〇年（昭和三五年）五六歳
一月より「週刊文春」に短篇読切小説を八話連載。六月、自転車で外出中オートバイと衝突して右脛骨を骨折。全治二ヵ月の重傷。

一九六二年（昭和三七年）五八歳
七月、初の長篇『大陸の細道』を新潮社より刊行。八月、中谷孝雄、小田嶽夫、寺崎浩、八匠衆一、駒田信二、久保田正文、村上菊一郎、利根川裕、尾崎秀樹、伊藤桂一らと同人誌「宴」創刊。この年、山口瞳、瀬戸内晴美らを知る。

一九六三年（昭和三八年）五九歳
三月、『大陸の細道』で芸術選奨文部大臣賞を受賞。五月、同受賞祝賀会が催される。同月、創作集『苦いお茶』を新潮社より刊行。一二月まで「週刊サンケイ」に「臍に吹く風」を連載。七月、NETテレビ「夫と妻の記録」に妻、長男とともに出演。

一九六四年（昭和三九年）六〇歳
二月、右薬指を故障、治療も効なく、疼痛のため終生執筆に苦しむ。四月、長篇『臍に吹く風』をサンケイ新聞出版局より刊行。

一九六五年（昭和四〇年）六一歳
四月、創作集『茶の木』を講談社より刊行。六月より「別冊文芸春秋」に「文壇交友抄」

を四回、九月より「週刊読書人」に「棋仲間」（碁仲間）を二〇回連載。このころから紀行の執筆が多くなり、取材のため年に数回、国内各地を旅行する。

一九六七年（昭和四二年）　六三歳

二月、随想集『石垣の花』を現文社、三月、『木山捷平詩集』を昭森社、四月、紀行集『日本の旅あちこち』を永田書房より刊行。八月より「パーフェクト・リバティー」に「わが半生記」（病気のため九回で中絶）、「太陽」に「日本見聞記」を五回連載。

一九六八年（昭和四三年）　六四歳

一月、随筆集『角帯兵児帯』を三月書房より刊行。三月、夫婦で福島へ取材旅行。これが最後の旅となった。四月一九日、東京医科歯科大付属病院に入院。翌月、東京女子医大付属消化器センターに転入院、胃瘻、左頸部手術を受ける。八月二三日、食道癌のため死去。病床で最期まで「点滴日記」の口述をつづけた。二六日、葬儀告別式、九月二九日、笠岡市山口の長尾山に埋葬。同月、生前自選した創作集『去年今年』を新潮社、一〇月、長篇『長春五馬路』を筑摩書房、一一月、創作集『斜里の白雪』を講談社より刊行。

一九六九年（昭和四四年）

三月、俳句・随筆集『見るだけの妻』を土筆社、七月、小説・随筆集『わが半生記』を永田書房、八月、『木山捷平全集』（全二巻）を新潮社より刊行。

一九七〇年（昭和四五年）

七月、句集『群島』（尾崎一雄・上林暁・木山捷平・関口銀杏子・山高のぼる五人集）を永田書房より刊行。一一月、井伏鱒二他の発起で笠岡市古城山公園に詩「杉山の松」を刻んだ文学碑が建立される。

一九七一年（昭和四六年）

八月、未刊行小説を集めた『木山捷平ユーモア全集』（全一巻）を永田書房より刊行。

一九七二年（昭和四七年）
三月、生家の庭に「望郷」の歌碑建立。後に、その傍らにみさを夫人の御題花の歌碑が建てられた。
一九七五年（昭和五〇年）
八月、日記集『酔いざめ日記』を講談社、九月、随筆集『自画像』を永田書房より刊行。
一九七八年（昭和五三年）
一〇月、『木山捷平全集』（全八巻）を講談社より刊行開始、翌年六月、完結。
一九八五年（昭和六〇年）
三月、『木山捷平父の手紙』を三茶書房より刊行。
一九八七年（昭和六二年）
八月、『木山捷平全詩集』を三茶書房より刊行。
一九八八年（昭和六三年）
三月、笠岡市立図書館内に木山捷平文学コーナー開設、遺品・資料等を展示し、同庭内に「五十年」の詩碑が建立される。
一九九〇年（平成二年）
八月、講談社文芸文庫版『大陸の細道』を講談社より刊行。以降平成一三年まで、同文庫版として『氏神さま・春雨・耳学問』『白兎・苦いお茶・無門庵』『井伏鱒二・弥次郎兵衛・ななかまど』『木山捷平全詩集』『おじいさんの綴方・河骨・立冬』『下駄にふる雨・月桂樹・赤い靴下』『角帯兵児帯・わが半生記』『鳴るは風鈴』が刊行されている。
一九九一年（平成三年）
六月、小説・随筆集『玉川上水』を津軽書房より刊行。
一九九六年（平成八年）
一〇月、岡山市吉備路文学館で「木山さん、捷平さん展」開催。笠岡市主催で木山捷平文学賞が制定される。年間刊行の小説作品より一篇を選び、翌年春、笠岡市で贈賞式を行なう。選考委員は三浦哲郎、秋山駿、川村湊の三氏。第一回受賞作は佐伯一麦『遠き山に日は落ちて』、第二回・岡松和夫『峠の棲家』、第三回・柳美里『ゴールドラッシュ』、第四回・目取真俊『魂込《まぶいぐみ》め』、第五回・佐藤洋二郎『イギリス山』、第六回・平出隆『猫の客』、第七回・小檜山博『光る大雪』、第八回・堀江敏幸『雪沼とその周辺』、第九回・松浦寿輝『あやめ 鰈 ひかがみ』。

二〇〇二年（平成一四年）

一二月、妻・みさを死去。

（本稿は、講談社版『木山捷平全集』所収の木山みさを氏編の年譜をもとに編集部が作成し、木山萬里氏の校閲を得た）

著書目録

木山捷平

【単行本】

野（詩集） 昭4・5 抒情詩社
メクラとチンバ（詩集） 昭6・6 天平書院
抑制の日 昭14・5 赤塚書房
昔野 昭15・7 ぐろりあ・そさえて
河骨 昭16・3 昭森社
和気清麻呂 昭19・8 みたみ出版
耳学問 昭32・4 芸文書院
大陸の細道 昭37・7 新潮社
苦いお茶 昭38・5 新潮社
臍に吹く風 昭39・4 サンケイ新聞出版局
茶の木 昭40・4 講談社
石垣の花 昭42・2 現文社
木山捷平詩集 昭42・3 昭森社
日本の旅あちこち 昭42・4 永田書房
角帯兵児帯 昭43・1 三月書房
去年今年 昭43・9 新潮社
長春五馬路 昭43・10 筑摩書房
斜里の白雪 昭43・11 講談社
見るだけの妻（俳句・随筆） 昭44・3 土筆社
わが半生記 昭44・7 永田書房
酔いざめ日記 昭50・8 講談社
自画像 昭50・9 永田書房

木山捷平父の手紙　昭60・3　三茶書房
木山捷平全詩集　昭62・8　三茶書房
玉川上水　平3・6　津軽書房

【全集】

木山捷平全集　全2巻　昭44　新潮社
木山捷平ユーモア全集　全1巻　昭46　永田書房
木山捷平全集全8巻　昭53・10〜54・6　講談社
日本詩人全集7　昭27　創元社
現代日本文学全集88　昭33　筑摩書房
日本文学全集71　昭39　新潮社
昭和戦争文学全集1　昭39　集英社
日本文学全集49　昭42　新潮社
日本短編文学全集36　昭43　筑摩書房
現代文学大系65　昭43　筑摩書房
日本現代文学全集106　昭44　講談社
日本の文学64　昭45　中央公論社
日本の詩歌27　昭45　中央公論社
現代日本文学大系49　昭48　筑摩書房
日本文学全集52　昭50　集英社
日本現代詩大系8　昭50　河出書房新社
日本の詩歌27（中公文庫）　昭51　中央公論社
筑摩現代文学大系60　昭53　筑摩書房
昭和万葉集7　昭54　講談社
昭和文学全集14　昭63　小学館
ちくま文学全集　平3　筑摩書房

【文庫】

耳学問・尋三の春（解＝小坂部元秀　年）　昭52　旺文社文庫
茶の木・去年今年（解＝奥野健男　年）　昭52　旺文社文庫
大陸の細道（解＝藤原審爾　年）　昭52　旺文社文庫
長春五馬路　昭53　旺文社文庫

（解＝上田三四二　年）
大陸の細道（解＝吉本隆明　案＝勝又浩　著）　平2　文芸文庫
氏神さま・春雨・耳学問（解＝岩阪恵子　案＝保昌正夫　著）　平6　文芸文庫
白兎・苦いお茶・無門庵（解＝岩阪恵子　案＝保昌正夫　著）　平7　文芸文庫
井伏鱒二・弥次郎兵衛・ななかまど（解＝岩阪恵子　年＝木山みさを　著）　平7　文芸文庫
木山捷平全詩集（解＝岩阪恵子　年＝木山みさを　著）　平8　文芸文庫
おじいさんの綴方・河骨・立冬（解＝岩阪恵子　案＝常盤新平　著）　平8　文芸文庫
下駄にふる雨・月桂樹・赤い靴下（解＝岩阪恵子　案＝長部日出雄　著）　平8　文芸文庫
角帯兵児帯・わが半生記（解＝岩阪恵子　案＝荒川洋治　著）　平8　文芸文庫
鳴るは風鈴（解＝坪内祐三　年　著）　平13　文芸文庫
長春五馬路（解＝蜂飼耳　年＝木山みさを　著）　平18　文芸文庫
大陸の細道（解＝吉本隆明　年＝木山みさを　著）　平23　文芸文庫

「著書目録」には、編著・再刊本は入れなかった。
【文庫】は本書初刷刊行日現在の各社最新版「解説目録」に記載されているものに限るのが原則だが、この巻に関しては刊行されたものを収録した。（　）内の略号は、解＝解説　年＝年譜　案＝作家案内　著＝著書目録を示す。

（作成・木山みさを）

本書は『木山捷平全集』（講談社刊）を底本として多少ふりがなを調整しました。本文中明らかな誤植と思われる箇所は正しましたが、原則として底本に従いました。また、底本にある表現で、今日からみれば不適切と思われるものがありますが、作品の書かれた時代背景、著者が故人であることを考慮し、そのままとしました。よろしくご理解のほどお願いいたします。

落葉《おちば》・回転窓《かいてんまど》 木山捷平《きやましょうへい》純情小説選《じゅんじょうしょうせつせん》

木山捷平《きやましょうへい》

二〇一二年一二月一〇日第一刷発行
二〇二二年 二月 七 日第三刷発行

発行者――鈴木章一
発行所――株式会社 講談社
東京都文京区音羽2・12・21 〒112-8001
電話 編集（03）5395・3513
販売（03）5395・5817
業務（03）5395・3615

デザイン――菊地信義
印刷――豊国印刷株式会社
製本――株式会社国宝社
本文データ制作――講談社デジタル製作

定価はカバーに表示してあります。

講談社
文芸文庫

ISBN978-4-06-290182-6

講談社文芸文庫

青木淳選	建築文学傑作選	青木 淳──解
青山二郎	眼の哲学｜利休伝ノート	森 孝一──人／森 孝一──年
阿川弘之	舷燈	岡田 睦──解／進藤純孝──案
阿川弘之	鮎の宿	岡田 睦──年
阿川弘之	論語知らずの論語読み	高島俊男──解／岡田 睦──年
阿川弘之	亡き母や	小山鉄郎──解／岡田 睦──年
秋山駿	小林秀雄と中原中也	井口時男──解／著者他──年
芥川龍之介	上海游記｜江南游記	伊藤桂一──解／藤本寿彦──年
芥川龍之介 谷崎潤一郎	文芸的な、余りに文芸的な｜饒舌録ほか 芥川vs.谷崎論争　千葉俊二編	千葉俊二──解
安部公房	砂漠の思想	沼野充義──人／谷 真介──年
安部公房	終りし道の標べに	リービ英雄─解／谷 真介──案
安部ヨリミ	スフィンクスは笑う	三浦雅士──解
有吉佐和子	地唄｜三婆 有吉佐和子作品集	宮内淳子──解／宮内淳子──年
有吉佐和子	有田川	半田美永──解／宮内淳子──年
安藤礼二	光の曼陀羅 日本文学論	大江健三郎賞選評─解／著者──年
李良枝	由熙｜ナビ・タリョン	渡部直己──解／編集部──年
石川淳	紫苑物語	立石 伯──解／鈴木貞美──案
石川淳	黄金伝説｜雪のイヴ	立石 伯──解／日高昭二──案
石川淳	普賢｜佳人	立石 伯──解／石和 鷹──案
石川淳	焼跡のイエス｜善財	立石 伯──解／立石 伯──年
石川啄木	雲は天才である	関川夏央──解／佐藤清文──年
石坂洋次郎	乳母車｜最後の女 石坂洋次郎傑作短編選	三浦雅士──解／森 英一──年
石原吉郎	石原吉郎詩文集	佐々木幹郎─解／小柳玲子──年
石牟礼道子	妣たちの国 石牟礼道子詩歌文集	伊藤比呂美─解／渡辺京二──年
石牟礼道子	西南役伝説	赤坂憲雄──解／渡辺京二──年
磯﨑憲一郎	鳥獣戯画｜我が人生最悪の時	乗代雄介──解／著者──年
伊藤桂一	静かなノモンハン	勝又 浩──解／久米 勲──年
伊藤痴遊	隠れたる事実 明治裏面史	木村 洋──解
稲垣足穂	稲垣足穂詩文集	高橋孝次──解／高橋孝次──年
井上ひさし	京伝店の烟草入れ 井上ひさし江戸小説集	野口武彦──解／渡辺昭夫──年
井上靖	補陀落渡海記 井上靖短篇名作集	曾根博義──解／曾根博義──年
井上靖	本覚坊遺文	高橋英夫──解／曾根博義──年
井上靖	崑崙の玉｜漂流 井上靖歴史小説傑作選	島内景二──解／曾根博義──年

▶解=解説　案=作家案内　人=人と作品　年=年譜を示す。　2022年1月現在

講談社文芸文庫

井伏鱒二	還暦の鯉	庄野潤三──人／松本武夫──年
井伏鱒二	厄除け詩集	河盛好蔵──人／松本武夫──年
井伏鱒二	夜ふけと梅の花|山椒魚	秋山 駿──解／松本武夫──年
井伏鱒二	鞆ノ津茶会記	加藤典洋──解／寺横武夫──年
井伏鱒二	釣師・釣場	夢枕 獏──解／寺横武夫──年
色川武大	生家へ	平岡篤頼──解／著者──年
色川武大	狂人日記	佐伯一麦──解／著者──年
色川武大	小さな部屋|明日泣く	内藤 誠──解／著者──年
岩阪恵子	木山さん、捷平さん	蜂飼 耳──解／著者──年
内田百閒	百閒随筆 II 池内紀編	池内 紀──解／佐藤 聖──年
内田百閒	[ワイド版]百閒随筆 I 池内紀編	池内 紀──解
宇野浩二	思い川|枯木のある風景|蔵の中	水上 勉──解／柳沢孝子──案
梅崎春生	桜島|日の果て|幻化	川村 湊──解／古林 尚──案
梅崎春生	ボロ家の春秋	菅野昭正──解／編集部──年
梅崎春生	狂い凧	戸塚麻子──解／編集部──年
梅崎春生	悪酒の時代 猫のことなど ─梅崎春生随筆集─	外岡秀俊──解／編集部──年
江藤 淳	成熟と喪失 ─"母"の崩壊─	上野千鶴子─解／平岡敏夫──案
江藤 淳	考えるよろこび	田中和生──解／武藤康史──年
江藤 淳	旅の話・犬の夢	富岡幸一郎─解／武藤康史──年
江藤 淳	海舟余波 わが読史余滴	武藤康史──解／武藤康史──年
江藤 淳 蓮實重彥	オールド・ファッション 普通の会話	高橋源一郎─解
遠藤周作	青い小さな葡萄	上総英郎──解／古屋健三──案
遠藤周作	白い人|黄色い人	若林 真──解／広石廉二──年
遠藤周作	遠藤周作短篇名作選	加藤宗哉──解／加藤宗哉──年
遠藤周作	『深い河』創作日記	加藤宗哉──解／加藤宗哉──年
遠藤周作	[ワイド版]哀歌	上総英郎──解／高山鉄男──案
大江健三郎	万延元年のフットボール	加藤典洋──解／古林 尚──案
大江健三郎	叫び声	新井敏記──解／井口時男──案
大江健三郎	みずから我が涙をぬぐいたまう日	渡辺広士──解／高田知波──案
大江健三郎	懐かしい年への手紙	小森陽一──解／黒古一夫──案
大江健三郎	静かな生活	伊丹十三──解／栗坪良樹──案
大江健三郎	僕が本当に若かった頃	井口時男──解／中島国彦──案
大江健三郎	新しい人よ眼ざめよ	リービ英雄─解／編集部──年

講談社文芸文庫

大岡昇平	中原中也	粟津則雄—解／佐々木幹郎—案
大岡昇平	花影	小谷野 敦—解／吉田凞生—年
大岡 信	私の万葉集一	東 直子—解
大岡 信	私の万葉集二	丸谷才一—解
大岡 信	私の万葉集三	嵐山光三郎—解
大岡 信	私の万葉集四	正岡子規—附
大岡 信	私の万葉集五	高橋順子—解
大岡 信	現代詩試論｜詩人の設計図	三浦雅士—解
大澤真幸	〈自由〉の条件	
大原富枝	婉という女｜正妻	高橋英夫—解／福江泰太—年
岡田 睦	明日なき身	富岡幸一郎—解／編集部—年
岡本かの子	食魔 岡本かの子食文学傑作選 大久保喬樹編	大久保喬樹—解／小松邦宏—年
岡本太郎	原色の呪文 現代の芸術精神	安藤礼二—解／岡本太郎記念館—年
小川国夫	アポロンの島	森川達也—解／山本恵一郎—年
小川国夫	試みの岸	長谷川郁夫—解／山本恵一郎—年
奥泉 光	石の来歴｜浪漫的な行軍の記録	前田 塁—解／著者—年
奥泉 光 群像編集部 編	戦後文学を読む	
大佛次郎	旅の誘い 大佛次郎随筆集	福島行一—解／福島行一—年
織田作之助	夫婦善哉	種村季弘—解／矢島道弘—年
織田作之助	世相｜競馬	稲垣眞美—解／矢島道弘—年
小田 実	オモニ太平記	金 石範—解／編集部—年
小沼 丹	懐中時計	秋山 駿—解／中村 明—案
小沼 丹	小さな手袋	中村 明—人／中村 明—年
小沼 丹	村のエトランジェ	長谷川郁夫—解／中村 明—年
小沼 丹	珈琲挽き	清水良典—解／中村 明—年
小沼 丹	木菟燈籠	堀江敏幸—解／中村 明—年
小沼 丹	藁屋根	佐々木 敦—解／中村 明—年
折口信夫	折口信夫文芸論集 安藤礼二編	安藤礼二—解／著者—年
折口信夫	折口信夫天皇論集 安藤礼二編	安藤礼二—解
折口信夫	折口信夫芸能論集 安藤礼二編	安藤礼二—解
折口信夫	折口信夫対話集 安藤礼二編	安藤礼二—解／著者—年
加賀乙彦	帰らざる夏	リービ英雄—解／金子昌夫—案
葛西善蔵	哀しき父｜椎の若葉	水上 勉—解／鎌田 慧—案

講談社文芸文庫

河井寛次郎-火の誓い	河井須也子—人／鷺 珠江——年
河井寛次郎-蝶が飛ぶ 葉っぱが飛ぶ	河井須也子—解／鷺 珠江——年
川喜田半泥子-随筆 泥仏堂日録	森 孝———解／森 孝———年
川崎長太郎-抹香町|路傍	秋山 駿——解／保昌正夫—年
川崎長太郎-鳳仙花	川村二郎—解／保昌正夫—年
川崎長太郎-老残|死に近く 川崎長太郎老境小説集	いしいしんじ-解／齋藤秀昭—年
川崎長太郎-泡|裸木 川崎長太郎花街小説集	齋藤秀昭—解／齋藤秀昭—年
川崎長太郎-ひかげの宿|山桜 川崎長太郎「抹香町」小説集	齋藤秀昭—解／齋藤秀昭—年
川端康成——草一花	勝又 浩——人／川端香男里-年
川端康成—水晶幻想|禽獣	高橋英夫—解／羽鳥徹哉—案
川端康成—反橋|しぐれ|たまゆら	竹西寛子—解／原 善———案
川端康成—たんぽぽ	秋山 駿——解／近藤裕子—案
川端康成—浅草紅団|浅草祭	増田みず子-解／栗坪良樹—案
川端康成—文芸時評	羽鳥徹哉—解／川端香男里-年
川端康成—非常|寒風|雪国抄 川端康成傑作短篇再発見	富岡幸一郎-解／川端香男里-年
上林暁——聖ヨハネ病院にて|大懺悔	富岡幸一郎-解／津久井 隆—年
木下杢太郎-木下杢太郎随筆集	岩阪恵子—解／柿谷浩一—年
木山捷平—氏神さま|春雨|耳学問	岩阪恵子—解／保昌正夫—案
木山捷平—鳴るは風鈴 木山捷平ユーモア小説選	坪内祐三—解／編集部——年
木山捷平—落葉|回転窓 木山捷平純情小説選	岩阪恵子—解／編集部——年
木山捷平—新編 日本の旅あちこち	岡崎武志—解
木山捷平—酔いざめ日記	
木山捷平—[ワイド版]長春五馬路	蜂飼 耳——解／編集部——年
清岡卓行—アカシヤの大連	宇佐美 斉—解／馬渡憲三郎-案
久坂葉子—幾度目かの最期 久坂葉子作品集	久坂部 羊—解／久米 勲——年
窪川鶴次郎-東京の散歩道	勝又 浩——解
倉橋由美子-蛇|愛の陰画	小池真理子-解／古屋美登里-年
黒井千次—たまらん坂 武蔵野短篇集	辻井 喬——解／篠崎美生子-年
黒井千次選-「内向の世代」初期作品アンソロジー	
黒島伝治—橇|豚群	勝又 浩——人／戎居士郎—年
群像編集部編-群像短篇名作選 1946～1969	
群像編集部編-群像短篇名作選 1970～1999	
群像編集部編-群像短篇名作選 2000～2014	
幸田 文——ちぎれ雲	中沢けい—人／藤本寿彦—年

講談社文芸文庫

佐伯一麦	日和山 佐伯一麦自選短篇集	阿部公彦―解／著者―年
佐伯一麦	ノルゲ Norge	三浦雅士―解／著者―年
坂口安吾	風と光と二十の私と	川村 湊―解／関井光男―案
坂口安吾	桜の森の満開の下	川村 湊―解／和田博文―案
坂口安吾	日本文化私観 坂口安吾エッセイ選	川村 湊―解／若月忠信―年
坂口安吾	教祖の文学｜不良少年とキリスト 坂口安吾エッセイ選	川村 湊―解／若月忠信―年
阪田寛夫	庄野潤三ノート	富岡幸一郎―解
鷺沢萠	帰れぬ人びと	川村 湊―解／著者、オフィスめめ―年
佐々木邦	苦心の学友 少年倶楽部名作選	松井和男―解
佐多稲子	私の東京地図	川本三郎―解／佐多稲子研究会―年
佐藤紅緑	ああ玉杯に花うけて 少年倶楽部名作選	紀田順一郎―解
佐藤春夫	わんぱく時代	佐藤洋二郎―解／牛山百合子―年
里見弴	恋ごころ 里見弴短篇集	丸谷才一―解／武藤康史―年
澤田謙	プリューターク英雄伝	中村伸二―年
椎名麟三	深夜の酒宴｜美しい女	井口時男―解／斎藤末弘―年
島尾敏雄	その夏の今は｜夢の中での日常	吉本隆明―解／紅野敏郎―案
島尾敏雄	はまべのうた｜ロング・ロング・アゴウ	川村 湊―解／柘植光彦―案
島田雅彦	ミイラになるまで 島田雅彦初期短篇集	青山七恵―解／佐藤康智―年
志村ふくみ	一色一生	高橋 巖―人／著者―年
庄野潤三	夕べの雲	阪田寛夫―解／助川徳是―案
庄野潤三	ザボンの花	富岡幸一郎―解／助川徳是―年
庄野潤三	鳥の水浴び	田村 文―解／助川徳是―年
庄野潤三	星に願いを	富岡幸一郎―解／助川徳是―年
庄野潤三	明夫と良二	上坪裕介―解／助川徳是―年
庄野潤三	庭の山の木	中島京子―解／助川徳是―年
庄野潤三	世をへだてて	島田潤一郎―解／助川徳是―年
笙野頼子	幽界森娘異聞	金井美恵子―解／山﨑眞紀子―年
笙野頼子	猫道 単身転々小説集	平田俊子―解／山﨑眞紀子―年
笙野頼子	海獣｜呼ぶ植物｜夢の死体 初期幻視小説集	菅野昭正―解／山﨑眞紀子―年
白洲正子	かくれ里	青柳恵介―人／森 孝一―年
白洲正子	明恵上人	河合隼雄―人／森 孝一―年
白洲正子	十一面観音巡礼	小川光三―人／森 孝一―年
白洲正子	お能｜老木の花	渡辺 保―人／森 孝一―年
白洲正子	近江山河抄	前 登志夫―人／森 孝一―年

講談社文芸文庫